Kat van Casteren
Das Moor
Fantasy-Spielbuch

AF191309

FSC
www.fsc.org

MIX

Papier aus ver-
antwortungsvollen
Quellen
Paper from
responsible sources

FSC® C105338

Kat van Casteren

Das Moor

Fantasy-Spielbuch

Impressum

Bibliografische Information der Deutschen Nationalbibliothek: Die Deutsche Nationalbibliothek verzeichnet diese Publikation in der Deutschen Nationalbibliografie; detaillierte bibliografische Daten sind im Internet über http://dnb.dnb.de abrufbar.

Die automatisierte Analyse des Werkes, um daraus Informationen insbesondere über Muster, Trends und Korrelationen gemäß §44b UrhG („Text und Data Mining") zu gewinnen, ist untersagt.

© 2024 Kat van Casteren

Cover-Design: Umer @Fiverr

Verlag: BoD · Books on Demand GmbH, In de Tarpen 42, 22848 Norderstedt
Druck: Libri Plureos GmbH, Friedensallee 273, 22763 Hamburg

ISBN: 978-3-7693-0505-0

Inhaltsverzeichnis

So spielst Du diese Geschichte

Dies ist ein interaktives Abenteuer, das heißt: mit Deinen Entscheidungen navigierst Du Dich selbst durch die Geschichte und beeinflusst ihren Ausgang. Alles, was du benötigst, ist eine Münze, Neugier und ein wenig Humor.

Von Abschnitt zu Abschnitt gelangst Du ganz altmodisch per Blättern, im E-Book sind die einzelnen Abschnitte jedoch auch miteinander verlinkt. Klicke einfach auf die Abschnittnummer, zu der du gelangen möchtest oder verwende das Inhaltsverzeichnis.

Solltest Du für dieses Abenteuer eine Karte benötigen, kannst du sie kostenlos unter www.katvancasteren.de herunterladen.

Und nun: stell Dir ein Getränk bereit, dimme das Licht und lass Dich an einen fernen Ort entführen.

Viel Vergnügen!

Kat

Du trittst aus den Schatten der Hügelkuppen hinein in das Tal und blinzelst. Im Westen wirft die Sonne ihre letzten Strahlen durch das Laubdach des Waldes und taucht die Welt in ein Licht aus Rot und Gold.

Vor Dir breitet sich das Moor wie ein löchriger Teppich aus Wollgras aus. Kleine, weiße Blüten sprenkeln sich über die Ebene und lassen diesen seltsamen Ort fast idyllisch erscheinen.

In der Ferne sind die Umrisse einiger Erlengruppen zu sehen. Wände aus Schilf bilden ein Labyrinth verwirrend ähnlicher Wege. Hier und da erhaschst Du ein Schimmern zwischen den Halmen. Über allem tanzen Mückenschwärme im letzten Licht auf und ab.

Irgendwo im Norden, auf der anderen Seite des Moores, muss das Haus sein, von dem die Alte gesprochen hat. Vor langer langer Zeit soll ein Hexenmeister dort gelebt haben. Niemand weiß, wer er war oder was mit ihm geschehen ist. Doch es geht das Gerücht, dass er in seiner Zuflucht kostbare Tränke und das eine oder andere magische Artefakt aufbewahrt hat.

Vor Dir haben sich schon andere Abenteurer auf den Weg dorthin gemacht hat.

Keiner kam zurück.

Du atmest tief ein und schaust nach Osten. Von dort zieht die Nacht herauf. Erste Sterne glitzern durch das Farbspiel der Dämmerung. Ein paar Schritte voraus ragt ein schmaler Pflock aus dem Boden. An seinem oberen Ende hängt ein verwitterter grauer Stofffetzen. Eine Wegmarke.

Du schluckst und spürst ein Kribbeln in Deinem Nacken. Von hier an musst Du auf jeden Deiner Schritte achten. Schließlich möchtest Du nicht in einem der modrigen Löcher versinken und als Moorleiche enden.

Dein Abenteuer beginnt nun bei 1.

1

Du machst ein paar Schritte, stellst Dich neben die Wegmarke und betrachtest den Boden vor Dir. Zu Deiner linken gibt es einen Weg zwischen zwei großen Pfützen, der direkt zu einer weiteren Marke führt. Geradeaus wird der Boden weich und sieht nicht aus, als würde er Dich allzu lange tragen. Zu Deiner Rechten ragen helle Steine aus der Wasserlache wie eine Brücke und verschwinden im Schilf. Von hier aus ist nicht zu erkennen, wohin sie führt.

Willst Du den Pfad zur nächsten Wegmarke nehmen (40)? Oder entscheidest Du Dich für den Weg über die Steine zu Deiner Rechten (9)? Du kannst auch Dein Glück mit dem lockeren

Boden geradeaus versuchen (120). Oder Du überlegst es Dir noch einmal gründlich, und kehrst jetzt gleich dorthin zurück, wo Du hergekommen bist (52).

2

Bist Du von Westen (Pilz, 84) oder von Osten (toter Baum, 99) gekommen?

3

Der kalte Schlamm zieht Dich hinab in die Tiefe wie ein Sack voller Steine einen Mann, den man über die Planke geschickt hat. Dein erster Instinkt ist, Dich mit aller Kraft gegen Dein Schicksal aufzubäumen. Doch Du fürchtest, dass zu viel Bewegung Dich noch schneller hinabsinken lässt.

Mit zusammengebissenen Zähnen hievst Du als erstes Deine Arme über das Wasser. Du drehst den Kopf zur Seite und hebst die Beine an, bis Du wie ein plattgetretener Frosch parallel zur Oberfläche liegst. Du streckst die Arme aus, tastest Dich vor und kannst Dein Glück kaum fassen, als Du ein festes Büschel Gras in die Hände bekommst.

Ächzend ziehst Du Dich durch den Schlamm und kletterst zurück auf festen Grund. Einen Augenblick besteht die Welt nur aus Deinem rasenden Herzschlag. Du spuckst etwas Matsch aus und saugst gierig die kühle Abendluft ein. Aus Deinen Haaren rinnt Dir Brackwasser über das Gesicht. Deine Kleider sind über und über mit Schlamm bedeckt. Falls Dir heute noch jemand im Dunkeln begegnen sollte, kannst Du sicher sein, ihn mit Deinem Anblick mühelos in die Flucht zu schlagen.

Merke Dir das Wort FROSCHTANZ. Du wirfst noch einen letzten Blick auf den unerreichbaren abgeknickten Stock in der Ferne, dann trottest Du zurück zur Wegmarke, von der Du gekommen bist (67).

4

Möchtest Du zur purpurnen Wegmarke am Erlenhain im Osten zurückkehren (46)? Oder wanderst Du nach Südost, dem Wall aus dichtem Schilf entgegen (125)?

5

Die abgebrannten Hölzer sind kaum verwittert. Es kann also noch nicht lange her sein, dass jemand hier ein Feuer gemacht hat. In der Asche findest Du Reste kleiner Knochen und ein paar verkohlte Gräten. Gleich neben dem Feuer liegt ein moosbewachsener Findling, der wie ein gepolsterter Hocker zum Verweilen einlädt.

Auch wenn Dir ein wenig schleierhaft ist, warum jemand seinen Lagerplatz mitten im Moor aufschlagen sollte, hat der Ort doch etwas seltsam Heimeliges. Hast Du hier genug gesehen (117)? Oder schaust Du Dich noch ein bisschen um (58)?

6

Vorsichtig tastest Du Dich mit einem Fuß vor, doch die Treppe scheint trotz ihrer schmalen, schiefen Stufen stabil zu sein. Das Moos ist etwas rutschig, doch nachdem Du die ersten Stufen genommen hast, geht der Aufstieg ganz leicht. Vielleicht liegt es an ihrer geringen Höhe, doch Du hast das Gefühl, dass Du ewig aufwärts gehst.

Als Du schließlich das Ende erreichst, stehst Du auf einem schmalen Steinfirst. Von hier oben hast Du einen weiten Blick über das Moor. Unter Dir liegt der Wall aus hohem Schilf, und nicht weit entfernt im Osten kannst Du die Umrisse des toten Baumes sehen. Von Westen kriechen feine Nebelschwaden heran. Der Waldrand ist dort schon kaum mehr zu sehen. Über allem hängt der Mond wie eine silbrige Sichel.

Du atmest die kühle, feuchte Luft und willst Dich gerade an den Abstieg machen, da nimmst Du ein Schimmern aus den Augenwinkeln wahr. Als Du Dich umsiehst, kannst Du wieder nichts entdecken. Möchtest Du hier oben noch ein wenig verweilen (35)? Oder möchtest Du wieder zurück nach unten (108)?

7

Wirf eine Münze. Zeigt sie Kopf (91)? Oder Zahl (63)?

8

Du folgst einem schmalen Weg zwischen zwei morastigen Löchern nach Norden. Nach ein paar Schritten teilt er sich auf. Der Westweg führt zu einer Gruppe von Erlen. Der Ostweg führt tiefer in das Moor hinein. Als Du Dich umschaust, siehst

Du aus der Richtung, aus der Du gekommen bist, ein schwaches Licht aufleuchten. Möchtest Du Dir das näher ansehen (29)? Oder setzt Du Deinen Weg lieber in Richtung Osten fort (106)? Natürlich kannst Du auch nach Westen zu den Erlen gehen (51) oder einfach umkehren (94).

9

Vorsichtig setzt Du einen Fuß auf den ersten Stein und spürst, wie er langsam unter Dir nachgibt. Aus der Tiefe quillt dunkles Wasser und benetzt Deinen Stiefel. Du versuchst einen anderen und hast mehr Glück: hier bewegt sich nichts. Du schaust auf den Weg vor Dir. Die unterschiedlich großen Steine liegen im Schlamm verstreut wie Totenschädel auf einem vergessenen Schlachtfeld.

Nebel kriecht aus der Erde. Bis zur nächsten grasbewachsenen Insel sind es fünf oder sechs Schritte. Dir wird etwas mulmig. Noch kannst Du umkehren (1). Oder Du gibst Dir einen Ruck und gehst weiter hinein in das Moor (111)?

10

Soweit das Auge reicht, spiegelt sich das Abendrot der Dämmerung tausendfach auf den Tümpeln und Pfützen. Die Luft ist erfüllt vom Unken der Kröten und dem fernen Gesang der Grillen. Leise steigt Nebel aus dem Schilf. Angestrengt hältst Du nach dem Licht Ausschau, doch Du kannst es nicht mehr entdecken. Vielleicht hast Du es Dir nur eingebildet?

Du willst Dich gerade wieder dem Weg hinter Dir zuwenden, da nimmst Du aus den Augenwinkeln ein Leuchten wahr.

Als Du Dich umsiehst, ist es verschwunden. Eine Weile verharrst Du unbeweglich an Deinem Platz und starrst hinaus auf das Moor.

Doch das Licht erscheint nicht wieder. Schließlich wendest Du Dich wieder der Marke vor Dir zu und denkst über Deine nächsten Schritte nach. Willst Du versuchen, zum abgeknickten Stab zu gelangen (89)? Oder möchtest Du Dich lieber noch ein wenig hier umsehen (114)? Du kannst natürlich auch zurück zu der Marke zurück gehen, von der Du ursprünglich gekommen bist (19).

11

Du wanderst auf dem Pfad voran und erreichst den toten Baum. Wie ein trauriges Mahnmal steht er da. Seine Krone ist längst verschwunden. Nur ein kahler Ast steht von seinem hohlen Stamm. Aus den Augenwinkeln nimmst Du ein Leuchten wahr und siehst Dich um. Nichts.

So langsam fragst Du Dich, ob Du Dir die Lichter nur einbildest. Mit einem Seufzer wendest Du Dich wieder der Erle zu und stutzt. Auf dem kahlen Ast sitzt eine Eule und glotzt Dich an. Du glotzt zurück. Nichts geschieht. Willst Du ein Gespräch mit dem Vogel anfangen (56)? Oder hast Du hier schon genug Zeit verschwendet (130)? Du kannst auch umkehren und nach Westen zurückgehen (20).

12

Der Vogel glotzt Dich zwanzig Atemzüge lang böse an, ohne zu blinzeln. Falls Du eine Antwort oder irgendein geheimes Zeichen erwartet hast, so bleibt es aus. Wie es aussieht, hat die Eule nicht vor, ihre Geheimnisse an Dich preiszugeben. Willst Du es mit einer anderen Frage versuchen (56)? Oder bist Du hier fertig (130)?

13

Mit einem beherzten Sprung landest Du genau in der Mitte des Steins. Als Du Dich umschaust, siehst Du etwa einen Schritt zu Deiner Linken zwei weitere Steine aus der Wasseroberfläche ragen. Sie sind etwa gleich groß und kaum zwei Fuß voneinander entfernt. Willst Du den Sprung wagen (73)? Oder kehrst Du lieber wieder zur blauen Wegmarke am Ufer zurück (143)?

14

Du bleibst unbeweglich stehen und atmest ganz ruhig, während Du langsam den Kopf hin und her drehst. Die Nacht ist erfüllt vom Quakkonzert der Frösche und dem fernen Zirpen der Grillen. Außer den im Mondlicht leuchtenden Wollgrasblüten und wandernden Nebelschwaden kannst Du nichts entdecken. Nach einer Weile gibst Du es auf und setzt Deinen Weg fort (55).

15

Du greifst nach dem Knauf und ziehst daran. Zuerst ist da ein Widerstand, dann schwingt die Tür lautlos zur Seite. Auf der anderen Seite befindet sich eine Treppe, die sich durch das

Innere des Strunkes windet. Das flackernde Leuchten kommt aus der Tiefe. Der Weg nach oben ist dunkel. Von irgendwo dringt leise Musik an Dein Ohr.

Möchtest Du die Treppe hinabsteigen und nachsehen, woher das Licht kommt ([146](#))? Oder kletterst Du lieber die Stufen empor ([115](#))? Falls es Dir zu unheimlich geworden ist, kannst Du die Tür auch wieder schließen und Dich woanders umsehen ([41](#)).

16

Sagt Dir KRALLE etwas ([119](#))? Oder nicht ([139](#))?

17

So langsam bekommst Du Übung! Geschickt hüpfst Du von Stein zu Stein und nutzt den Schwung, um mit ein paar Schritten den tückischen Grund zu überqueren ([8](#)).

18

Dir ist es zuerst gar nicht aufgefallen, doch der Stab dieser Wegmarke ist viel dicker als bei denen, die Du zuvor gesehen hast. Außerdem hängt das Fähnchen hier nicht an der Stange, sondern klemmt zwischen den dicken Steinen. Als Du näher hinsiehst, stellst Du fest, dass der Stab rund ist wie ein Besenstiel, nur deutlich dicker. Du trittst an den Steinhaufen und berührst das Holz. Es fühlt sich kalt und feucht an.

Noch während Du Deine Hand zurückziehst, fällt die Marke hintenüber wie ein betrunkener Wachmann, der im Stehen eingeschlafen ist. Aus einem Reflex heraus schnappst Du nach dem Stab, bekommst ihn jedoch nicht zu fassen und siehst zu, wie er mit einem dumpfen Plumps neben dem Steinhügel aufkommt. Du gehst in die Hocke, um Dir das Ding genauer anzusehen. Du kannst Dir nicht helfen, das Ding sieht aus wie ein Paddel, von dem jemand das Ruderblatt abgebrochen hat.

Willst Du es wieder an seinen angestammten Platz stecken (116)? Oder fällt Dir etwas ein, was Du mir dem abgebrochenen Paddel anstellen kannst (53)?

19

Vorsichtig gehst Du den Pfad zurück, den Du gekommen bist. Es ist seltsam wie unterschiedlich Wege aussehen, wenn man sie aus verschiedenen Richtungen begeht. Auf dem Rückweg kommt Dir beinahe nichts vertraut vor. Sogar die Gräser sehen anders aus, als Du sie in Erinnerung hast. Als Du endlich die Wegmarke mit dem grauen Fähnchen erreichst, atmest Du auf. Du nimmst Dir einen Augenblick, um Dich zu sammeln. Dann gehst Du noch einmal Deine Möglichkeiten durch.

Zu Deiner Linken ragt noch immer in einiger Entfernung die andere Wegmarke zwischen Schilf und Wollgras auf (40). Geradeaus liegt der weiche Boden (120). Zu Deiner Rechten befindet sich eine Reihe von Steinen, die wie eine provisorische Brücke durch die Wasserlache führen (9). Falls Du inzwischen endgültig genug von diesem ungemütlichen Ort hast, kannst Du Dich auch von hier zurückziehen (52).

20

Du schlurfst den Weg zurück, den Du gekommen bist und stehst bald vor einer Wand aus Schilf. Im Süden führt der Pfad in Richtung Steinweg. Willst Du südwärts gehen (96)? Oder gehst Du doch ostwärts zurück zum toten Baum (79)? Wenn Du versuchen willst, Dich durch das Schilf zu schlagen, lies weiter bei 33.

21

Du gehst auf das Brackwasser zu und siehst Dich am Ufer um. Einen halben Schritt vor Dir, neben einem Büschel Schilf liegt ein Stein. Du hast ihn zuerst für ein Häufchen Erde gehalten, doch dafür ist das Inselchen zu gut begrenzt. Mit einem beherzten Schritt kannst Du ihn vielleicht erreichen. Mit dem Stab in Deiner Hand ist es sicher noch leichter, herüberzukommen.

Du suchst im Schlamm einen einigermaßen festen Ansatzpunkt für Dein Stabende, nimmst Schwung und drückst Dich vom Boden ab. Mit einem hohen Satz landest Du genau auf dem Findling. Als Du Dich umsiehst, fällt Dir etwa einen Schritt zu Deiner Linken ragen zwei weitere Steine aus der Oberfläche. Sie sind etwa gleich groß und kaum zwei Fuß voneinander entfernt. Du entscheidest Dich kurzerhand für den näher liegenden Stein, nutzt den Stab als Hebel und springst über das Wasser hinüber.

Vor Dir erstreckt sich der Tümpel bis zum Horizont. Schilfinseln ragen hier und da aus dem schwarzen Wasser. In drei Schritten Entfernung ragt ostwärts ein Schatten aus der Tiefe. Zuerst hältst Du ihn für einen großen Findling. Doch für einen

Felsen hat er zu klare Formen. Er sieht fast aus wie der Umriss eines kleinen Daches.

Angestrengt spähst Du in die Nacht und suchst nach einem Weg näher heranzukommen. Du musst eine Weile in die Dunkelheit starren, bis Du es siehst: da ragen hintereinander tatsächlich zwei kaum faustgroße Steine aus dem schwarzen Wasser und führen wie eine kleine Brücke zu einer Schilfinsel neben dem Schatten. Für diese Distanz kommst Du mit Deiner Strategie allerdings nicht weiter.

Du stocherst eine Weile im Wasser herum, doch der Boden ist hier so weich, dass Du keinen Halt findest. Du verweilst einen Augenblick, um zu überlegen. Die kleine Insel mit Schilf, auf der Du stehst, scheint einigermaßen fest zu sein. Ohne lange zu überlegen, rammst Du das eine Ende des Stabes in den Boden, stößt Dich ab und landest etwas wackelig auf dem Stein auf der anderen Seite (76).

22

Du gehst den Weg zurück, den Du gekommen bist und stehst kurz darauf wieder vor dem hüttengroßen Pilz. Möchtest Du Dich hier noch ein wenig umsehen (112)? Oder gehst Du zur purpurnen Wegmarke und dem kleinen Erlenhain im Osten (46)? Du kannst auch nochmal zum dichten Schilf zurückkehren (125).

23

Du schneidest Dir ein kleines Stück ab und schiebst es in den Mund. Köstliche Aromen von gerösteten Kastanien, Butter und eingemachten Preiselbeeren kitzeln Deine Zunge. Während Du kauend die dicken Pilzköpfe vor Dir betrachtest, schweben immer mehr Glühwürmchen heran. Wie Feen tanzen sie durch die Luft, und Du hörst plötzlich den hellen Klang von Glöckchen.

Du siehst Dich um, doch außer Dir ist niemand hier. Als Dein Blick wieder auf die Pilze fällt, sind die Glühwürmchen verschwunden (41).

24

Du bleibst noch einen Augenblick. Vor dem Kastell gibt es eine an den Planken festgenagelte Truhe. Sie ist verschlossen, doch hier kannst Du Dich niederlassen und eine Weile der Musik lauschen. Die Luft ist erfüllt von einer eingängigen Lautenmelodie und der sonoren Stimme des unsichtbaren Sängers.

Hinter der Rehling ziehen die Sterne vorbei, und Du genießt den kühlen Fahrtwind auf Deinen Wangen. Hier oben wirkt alles unwirklich friedlich. Wohin die Reise wohl geht? Du schließt für einen Moment die Augen.

Bevor Du zu viel Zeit hier verbringst, versuchst Du wohl besser zurück zu dem Ort zu gelangen, von dem Du gekommen bist (147). Du kannst Deinem Leben aber auch eine ganz neue Wendung geben, indem Du an Bord bleibst und schaust, wohin das Schiff Dich trägt (42).

25

Du genießt die Wärme des Feuers und merkst erst jetzt, wie müde Du eigentlich bist. Für einen Augenblick rückt Dein Ziel in weite Ferne, und das fühlt sich erstaunlich gut an. Mit einem Lächeln auf den Lippen beobachtest Du die Flammen bei ihrem Tanz. Kurz schreckt Dich das Rascheln von Laub auf. Doch als Du Dich umsiehst, ist da niemand.

Du wendest Dich wieder dem Feuer zu und lutschst an Deinem Trockenfleisch. Die Wärme lockt einen heimlichen Gedanken aus Dir hervor: vielleicht solltest Du die Nacht über hierbleiben? Dies scheint ein sicherer Ort zu sein, und das Feuer wird noch ein Weilchen brennen.

Du setzt Dich am Feuer zurecht und schlingst die Arme um Deine Knie. Das Moor ist schon bei Tag gefährlich. Im Dunkeln könntest Du leicht etwas übersehen, und ein einziger unachtsamer Tritt könnte Dein Verderben sein.

Ein kühler, schwacher Hauch streift Deinen Nacken und Du fröstelst. Hinter Dir knackt ein Ast. Träge schaust Du Dich um. Dir bleibt das Herz stehen. Du blickst in ein kalkweißes, hässliches Gesicht mit einem Rachen voller spitzer Zähne und großen Augen, die in der Dunkelheit aufglühen. Noch bevor ein Schrei von Deinen Lippen kommt, trifft Dich etwas am Kopf und Du verlierst das Bewusstsein …

26

Der kleine Pfad macht einen Bogen und ist mit Pfützen übersät. Hin und wieder musst Du über eine springen. Als Du Dein Ziel erreichst, erlebst Du eine Überraschung. Das, was Du von Weitem für eine Felsformation gehalten hast, ist in Wirklichkeit ein riesiger Pilz. Ein großer Schirm voller pockiger Flecken spannt sich über einen baumdicken Strunk wie ein Dach aus Schwamm. Staunend siehst du zu dem Giganten auf und ertappst Dich bei der Vorstellung, Dir ein Stückchen abzuschneiden und eine feine Suppe daraus zu machen.

An seinem Fuße breitet sich ein Feld kleinerer Pilze über den Boden. Einige sind fast so groß wie gut gefüllte Hafersäcke. Von der Pilzlichtung führt ein kleiner Weg nach Südost. Möchtest Du weitergehen (125)? Oder siehst Du Dich hier noch ein wenig um (112)? Du kannst auch den Weg zurück ostwärts zur purpurnen Wegmarke mit dem Erlenhain gehen (46).

27

Der Vogel glotzt Dich eine Weile schief an, ohne zu blinzeln. Dann wendet er sich interessanten Dingen zu. Willst Du Dich von der Eule verabschieden (130)? Oder hast Du noch etwas auf dem Herzen (56)?

28

Die Eule verlagert ihr Gewicht von einer Kralle auf die andere und glotzt Dich dann böse an. Ansonsten geschieht nichts. Willst Du jetzt weitergehen (130)? Oder brennt Dir noch etwas auf der Zunge (56)?

29

Angestrengt starrst Du in die aufziehende Dunkelheit. Nichts. Du bist ganz sicher, dass Du nahe der Marke ein Licht gesehen hast. Oder war das nur ein Nebelstreif? Willst Du noch ein wenig hier stehen bleiben und warten, ob etwas geschieht (141)? Oder hast Du wichtigere Dinge zu erledigen (72)?

30

Der kalte Schlamm zieht Dich hinab, als hätte Dir jemand einen Sack Steine an die Beine gebunden, doch Du lässt Dich davon nicht aus der Ruhe bringen. Geduldig hebst Du Arme und Beine an, bis Dein Körper platt wie eine Flunder und parallel zur Oberfläche liegt. Dann beginnst Du vorsichtig mit Deinen ersten Schwimmzügen. Es klappt erstaunlich gut, auch wenn Du nur quälend langsam vorankommst. Stur heftest Du den Blick auf den Stab in der Ferne und machst immer schön einen Zug nach dem anderen.

Um Dich herum haben die Frösche ihr großes Abendkonzert begonnen. Aus dem Waldrand in der Ferne mischt sich das Lied der Grillen. Hin und wieder verirrt sich eine Mücke um Dein Ohr. Nebel steigt aus dem Gras und legt sich wie ein Spinnennetz auf Dein Gesicht.

Nach einer Ewigkeit erreichst Du endlich Dein Ziel. Vor Dir ragt der Stab aus einer winzigen Insel fester Erde. Am abgeknickten Ende hängt ein verrotteter Fetzen Stoff. Es scheint tatsächlich eine einmal eine Wegmarke gewesen zu sein. Ansonsten gibt es hier nichts zu sehen und der Boden sieht nicht aus, als würde er Dich tragen.

Ein wenig enttäuscht machst Du Dich auf den langen Rückweg. Das Quaken der Frösche erscheint Dir ohrenbetäubend laut. Die Schwimmzüge werden anstrengender. Langsam zieht die Kälte in Deine Knochen. Als Du Dich endlich aus dem Schlamm ziehen kannst, atmest Du erleichtert durch. Aus Deinen Haaren rinnt Dir Brackwasser über das Gesicht. Deine Kleider sind über und über mit Schlamm bedeckt. Falls Dir heute noch jemand im Dunkeln begegnen sollte, kannst Du sicher sein, ihn mit Deinem Anblick mühelos in die Flucht zu schlagen.

Merke Dir das Wort FROSCHTANZ. Du wirfst noch einen letzten Blick auf den verrottenden Stock Stock in der Ferne, dann trottest Du zurück zur roten Wegmarke, von der Du gekommen bist (67).

31

Die Spuren führen in einer geraden Linie in den Tümpel hinein. Und auch wieder heraus. Zuerst kannst Du Dir keinen Reim darauf machen. Du starrst auf das brackige schwarze Wasser. Dann fällt Dir etwas auf. Einen halben Schritt vor Dir, neben einem Büschel Schilf liegt ein Stein. Du hast ihn zuerst für ein Häufchen Erde gehalten, doch dafür ist das Inselchen zu gut begrenzt.

Mit einem beherzten Schritt kannst Du ihn vielleicht erreichen. Willst Du es versuchen (47)? Oder ist Dir nach dem Steinweg nicht nach Balancieren zumute und Du brichst lieber zur nächsten Wegmarke westwärts auf (45)? Du kannst Dir auch den Steinhügel mit der Marke hier noch einmal genauer ansehen (18). Oder Du gehst den Weg zurück, den Du gekommen bist (20).

32

Du watest voran und bahnst Dir mit beiden Armen einen Weg durch das Schilf. Die Halme stehen so dicht, dass Du Dir den Weg freischneiden musst, um voranzukommen. Du ziehst die kleine Sichel hervor und beginnst mit der Arbeit. Obwohl die Klinge scharf ist, kommst Du ganz schön ins Schwitzen. Doch wenigstens wird es Dir nach dem Gemetzel, das Du unter den Halmen angerichtet hast, nicht schwerfallen, den Weg zurückzufinden.

Nach einer Weile lichtet sich das Schilf und Du erreichst eine Erdinsel mit einer kleinen Felsformation. Du trittst aus dem Dickicht und atmest tief durch. Ein Blick über Deine Schulter verrät Dir, dass Du Dir eine mehr oder weniger gerade Schneise durch die gut fünf Schritte dicke Schilfwand geschlagen hast. Möchtest Du Dich auf der Insel umsehen (121)? Oder gehst Du lieber den Weg zurück, den Du gekommen bist (84)?

33

Sagt Dir ÄHRE irgendetwas (49) oder nicht (102)?

34

Du beugst Dich hinab und betrachtest die kleinen Köpfe genauer. Obwohl sie sich alle ähneln, sieht kein Pilz wie der andere aus: einige haben lange, dünne Strünke und überragen mit konischen Schirmchen wie Pappeln ihre Brüder. Andere sind kurz und rund und sehen aus wie dicke Kiesel. Wieder andere stehen gebeugt von ihren schweren, übergroßen Schirmen, die sie wie Ballkleider präsentieren oder bestehen fast ausschließlich aus einem bauchigen Strunk, der sie wie dicke Zwerge mit winzigen Hüten aussehen lässt.

Ein angenehm würziger Duft geht von ihnen aus, der an getrocknete Kräuter erinnert. Über der illustren Gesellschaft tanzen verirrte Glühwürmchen. Willst Du Dich hier weiter umsehen (112)? Oder hast Du Appetit bekommen und möchtest einen der Kumpane probieren (103)?

35

Du bleibst auf der letzten Stufe stehen und schaust hinaus in die Nacht. Hier oben ist es vollkommen still. Der Stein unter Deinen Füßen strahlt eine sanfte Wärme ab. Oder bildest Du Dir das nur ein?

Dein Blick schweift ziellos über das matte Glitzern der Tümpel, und dann plötzlich siehst Du es: weit im Westen taucht ein weißer Schlangenkopf durch die Oberfläche des Brackwassers. Du hältst den Atem an. Obwohl er mehr als dreihundert Schritte entfernt sein muss, siehst Du ihn so klar, als wäre er direkt vor Dir. Berührt vom Mondlicht, leuchten die Schuppen des Wesens silbrig auf. Seine großen, lidlosen Augen schimmern wie Opale. Die lange Schnauze ist leicht geöffnet und verleiht ihm einen seltsam staunenden Ausdruck, als es zu den Sternen aufsieht. An den Mundwinkeln bewegen sich lange Kinnfäden gemächlich in einer lauen Brise.

Dann taucht es zurück in die Tiefe des Moors und zieht geschmeidig seinen schimmernden Körper nach, die wie Bögen einer elfischen Brücke aus dem Wasser schnellen und ebenso rasch wieder darin verschwinden. Eine Wolke zieht über den Mond und taucht die Ebene vor Dir für einen Moment in Dunkelheit. Du atmest tief durch und wartest gespannt an Deinem Platz, ob das Wesen noch einmal auftaucht. Die Augenblicke verstreichen. Doch das Wesen bleibt in den Tiefen des Moores verborgen. Merke Dir das Wort SCHLANGE und kehre dann zum Fuße des Monumentes zurück (108).

36

Du schaust auf den aufgewühlten Boden vor Dir und schüttelst den Kopf. Bevor Du Dich hier für ein abgebrochenes Stöckchen in Gefahr begibst, solltest Du lieber zurückgehen und Dich nach einem anderen Weg umsehen. Mit dem guten Gefühl, einer Gefahr entgangen zu sein, stapfst Du durch den Matsch zurück zur roten Wegmarke (67).

37

Sagt Dir KRALLE etwas (154)? Oder nicht (137)?

38

Du machst einen Schritt auf die Säulen zu und stellst fest, dass sie nicht einfach rund oder eckig, sondern vielmehr wie Wände in die Länge gezogen sind. An ihrer Vorderseite sind fremdartige Runen in den Stein gemeißelt. Du bekommst eine Gänsehaut. Die Felsplatte, die von den Säulen getragen wird, ist bis auf eine Schicht Moos vollkommen schmucklos.

Möchtest Du Dich hier weiter umsehen (152)? Vielleicht interessierst Du Dich auch für die Rückseite des Monumentes (59)? Wenn Dir dieser Ort nicht geheuer ist, kannst Du ihn auch wieder verlassen (127).

39

Der Schatten nähert sich fast lautlos durch eine feuchte Stelle des Moores und hält sich dabei stets in Deckung der Gräser. Er bleibt einen Augenblick außerhalb des Lichtkreises und beobachtet das Feuer. Dann schält sich eine bleiche Gestalt aus der Dunkelheit und betritt das Lager.

Die Kreatur ist klein und dürr. Ihr Kopf ist kahl und sie hat lange, seltsam geformte Ohren. Sie trägt ein einfaches Leinenhemd und Hosen, die gerade so über die Knie reichen. An einem schmalen Gürtel hängt ein kleines, blankes Messer. Seine Klinge leuchtet bei jedem Schritt im Lichte des Feuers auf wie eine kleine Flamme.

Gebeugt und mit geducktem Haupt schnüffelt das Wesen herum und hält dann plötzlich inne. Langsam hebt es den Kopf. Du drückst Dich dichter in die Schatten des Laubes und hältst den Atem an. Die Kreatur schaut genau in Deine Richtung! Dann nimmt sie Haltung an, stemmt die Fäuste in die Hüften und baut sich breitbeinig vor dem Feuer auf.

„Heda! Menschlein", krächzt das Wesen. „Was schleicht es durchs Moor? Hat es keine Heimat? Hat es keine Lieben? Wünscht es den Tod?"

Du zuckst zusammen. Irgendwie erscheint es Dir weiser, keinen Mucks von Dir zu geben und zu hoffen, dass das Wesen sich früher oder später zurückziehen wird.

„Kann es nicht sprechen?" Die Kreatur knurrt abfällig. „Menschenpack! Immer unhöflich! Besser es verschwindet rasch. Bald kommt die Schlange!"

Das Wesen lacht und es klingt wie das Quietschen und Ächzen eines alten Wagenrades. Dann dreht es sich um und verschwindet dahin zurück, woher es gekommen ist. Eine Weile bleibst Du noch in Deinem Versteck und wartest, bis Dein Herzschlag in eine langsamere Gangart wechselt. Als nichts geschieht, kletterst Du den Stamm herunter. Merke Dir das Wort SPUK. Anschließend lässt Du das Lager hinter Dir (117).

40

Erleichtert stellst Du fest, dass Deine Stiefel kaum einen Fingerbreit einsinken. Die Erde ist fest. Der Weg vor Dir ist frei. Trotzdem bleibst Du auf der Hut und prüfst bei jedem Deiner Schritte den Untergrund. Nach einer Weile erreichst Du die Wegmarke und siehst Dich um. Hinter Dir ist der Umriss der ersten Marke zu erkennen. Ihr graues Fähnchen bewegt sich träge hin und her.

In nordwestlicher Richtung kannst Du in einiger Entfernung einen abgebrochenen Stock sehen. Ganz sicher bist Du nicht, aber es könnte sich um eine weitere Wegmarke handeln. Vielleicht ist es aber auch nur ein umgeknicktes Bäumchen. Im Osten erstreckt sich ein Netz aus Schilfgesäumten Wasserlöchern über die Ebene. In der Ferne leuchtet ein Licht auf und erlischt sofort wieder.

Willst Du es riskieren und den Weg zum abgeknickten Stab einschlagen (89)? Oder möchtest Du lieber nachsehen, was es mit dem Licht auf sich hat (10)? Du kannst auch zurück zu der Marke mit dem roten Fähnchen gehen, von der Du gekommen bist (19). Oder Du bleibst noch ein wenig hier stehen und schaust Dich um (114)

41

Du wirst ein wenig schläfrig und setzt Dich auf den Boden.
Du machst nur ein wenig die Augen zu und bis kurz darauf
auch schon weggedämmert. Du erwachst mit Kopfschmerzen
und einem pelzigen Gefühl auf der Zunge. Außerdem hast Du
Durst. Furchtbaren Durst. Du greifst nach Deinem Trinkschlauch und nimmst einen gierigen Schluck. Kurz wird Dir
übel und Du musst Dich wieder hinlegen. Nachdem Du eine
Weile stumpfsinnig auf das Gras vor Dir geglotzt hast, geht es
Dir etwas besser.

Merke Dir das Wort REISE. Hast Du inzwischen genug von
diesem Ort? Dann kannst Du Dich entweder nach Nordost zur
Wegmarke am Erlenhain aufmachen (46) oder nach Südosten
zum Schilfwall gehen (125). Du kannst aber auch weiter Spaß
mit Pilzen haben (112).

42

Du lehnst Dich an die Kastellwand und lauschst der Musik.
Vor Deinen Augen fliegen die Wolken vorbei, kleine klecksför-
mige und bauschige, groß wie Türme. Die Luft ist kühl und ge-
ruchlos. Du fragst Dich, wohin die Reise gehen mag, und
träumst von Ländern in der Ferne, von denen Du nichts als ihre
Namen weißt. Nach einer Weile wirst Du schläfrig und schließt
die Augen (71).

43

In einem Anfall schierer Panik beginnst Du wild mit Armen
und Beinen zu rudern. In Deinem Kopf kreischt nur ein

Gedanke: Du musst sofort hier raus! Ein Sog aus der Tiefe zieht Dich unaufhaltsam hinab. Ehe Du Dich versiehst, steckst Du bis zum Hals im Matsch.

In wilder Verzweiflung strampelst und paddelst Du, um Dein Gesicht über der Oberfläche zu halten. Dann schwappt das brackige Wasser über Deinen Mund. Eine Eiseskälte macht sich in Dir breit. Ist das Dein Ende? Noch einmal bäumst Du Dich gegen Dein Schicksal auf.

Wie durch ein Wunder bekommst Du ein Büschel Gras zu fassen und klammerst Du verzweifelt daran fest. Ächzend ziehst Du Dich durch den Schlamm und hievst Dich auf mit letzter Kraft auf festen Grund. Du spuckst etwas Matsch aus und ringst nach Atem. Eine Weile bleibst Du einfach so liegen. Als das Zittern nachlässt, rappelst Du Dich auf. Aus Deinen Haaren rinnt Brackwasser und Deine Kleider sind über und über mit Schlamm bedeckt.

Falls Dir heute noch jemand im Dunkeln begegnen sollte, kannst Du sicher sein, ihn mit Deinem Anblick mühelos in die Flucht zu schlagen. Merke Dir das Wort FROSCHTANZ. Du wirfst noch einen letzten Blick auf den unerreichbaren abgeknickten Stock in der Ferne, dann trottest Du zurück zur roten Wegmarke, von der Du gekommen bist (67).

44

Als Du auf die kleine Anhöhe steigen und Dich dabei an einem der Stämme festhalten willst, berührst Du etwas Weiches, Feuchtes und machst einen Satz zur Seite. Hast Du eine Schlange aufgescheucht? Mit Herzklopfen starrst Du auf die Stelle, die Du berührt hast. Doch es regt sich nichts.

Langsam kommst Du aus Deiner Deckung und besiehst das gewundene Etwas auf der Rinde. Im Dunkel der Dämmerung kannst Du kaum etwas erkennen. Vorsichtig streckst Du noch einmal Deine Hand vor. Diesmal spürst Du nicht nur die Nässe, sondern auch die feine, strohige Textur und atmest auf. Das ist nur ein Seil! Jemand hat es um den Baum gelegt und eine Schlaufe geknotet.

Dein Blick wandert den Stamm hinauf. Jetzt, wo Du genau hinsiehst, kannst Du weitere Schlaufen erkennen. Gemeinsam bilden sie eine Art Trittleiter zur Krone hinauf. Willst Du versuchen hinaufzuklettern (75)? Oder willst Du Dich lieber woanders weiter umsehen (58).

45

Der Weg westwärts ist schmal und gerade. An einigen Stellen verjüngt er sich auf einen halben Fuß, und Du musst die eine oder andere Pfütze überspringen. Du bist eine Weile unterwegs, bis Du die nächste Wegmarke erreichst. Sie steht direkt an einer Weggabelung. Ihr verrottetes Fähnchen ist purpurfarben und erstaunlich gut erhalten.

Ein kleiner Pfad geht nach Norden ab und scheint zu einem Erlenwäldchen zu führen. Willst Du ihm folgen (124)? Oder möchtest Du weiter westwärts gehen, wo in der Ferne eine seltsam geformte Felsformation zu sehen ist (26)? Natürlich kannst Du auch den Weg zurückgehen, den Du gekommen bist (70).

46

Auf dem Weg zurück springst Du über ein paar Pfützen und erreichst nach kurzer Zeit die Wegmarke mit dem purpurnen Fähnchen. Möchtest Du Dich im Norden beim Erlenwäldchen umsehen (124)? Oder gehst Du zur blauen Wegmarke ostwärts (70)? Falls Du es Dir anders überlegt hast, kannst Du auch den Weg zurückgehen, den Du eben gekommen bist (26).

47

Sagt Dir ZAHNSTOCHER etwas (92)? Oder nicht (90)?

48

Du betrachtest eine Weile das Muster der Steine vor Dir. Die meisten sind mindestens doppelfaustgroß, einige deutlich kleiner. Alle sind erstaunlich blank. Weder Flechten noch Schlamm hat sich auf ihren Köpfen angesammelt.

Du atmest einmal tief durch, streckst das Bein vor und verlagerst langsam das Gewicht auf den ersten erprobten Stein. Er hält. Gleich tastest Du Dich weiter vor. Der nächstgrößere Brocken vor Dir scheint stabil. Du machst einen Schritt und merkst schon beim Auftreten, dass die glatte Fläche unter Deinen Füßen ins Rutschen kommt. Hastig springst Du vorwärts und landest etwas unglücklich auf einem katzenschädelgroßen Stein, der sogleich zu sinken beginnt wie ein Stück Pökelfleisch in dickem Eintopf.

Du ruderst mit den Armen und hechtest zum nächsten, nutzt den Schwung für die letzten Schritte und rettest Dich schließlich auf festen Boden (8).

49

Vorsichtig wagst Du Dich in das Dickicht, biegst das Schilf zur Seite und windest Dich durch die Lücken hindurch. Mal weichst Du nach rechts aus, mal schlängelst Du Dich links hindurch oder machst einen großen Schritt über eine tiefe Stelle.

Immer wieder kommst Du ins Straucheln. Denn die harten langen Halme, die Dir über das Gesicht peitschen, sind nicht Dein einziges Problem. Zwar steht das Schilf unheimlich dicht, doch die Wurzeln verteilen sich unregelmäßig in der Erde und lassen tückische Lücken.

In dem Gewirr ist es leicht, die Orientierung zu verlieren. Du suchst nach einem Wegweiser und entdeckst die Umrisse des toten Baumes in Deinem Rücken. So weit, so gut. Doch um in diesem Dickicht voranzukommen, musst Du Dir den Weg freischneiden.

Du ziehst die kleine Sichel aus dem Lederbeutel und beginnst mit der Arbeit. Obwohl die Klinge scharf ist, kommst Du ganz schön ins Schwitzen. Doch wenigstens wird es Dir bei dem Gemetzel, das Du unter den Halmen anrichtest, nicht schwerfallen, den Weg zurückzufinden. Nach einer Weile lichtet sich das Schilf und Du erreichst eine Erdinsel mit einer kleinen Felsformation.

Du trittst aus dem Dickicht und atmest tief durch. Ein Blick über Deine Schulter verrät Dir, dass Du Dir eine mehr oder weniger gerade Schneise durch die gut fünf Schritte dicke

Schilfwand geschlagen hast. Möchtest Du Dich hier auf der Insel umsehen (121)? Oder gehst Du lieber den Weg zurück, den Du gekommen bist (99)?

50

Du gehst ein Stück an der Felswand Richtung Westen, doch nirgends gibt es eine Möglichkeit zum Aufstieg. Der Fels ist steil und ohne Vorsprünge, an denen Du hinaufklettern könntest. Etwa drei Schritte über Dir hängen ein paar Äste über das Plateau, doch Du kannst sie nicht erreichen.

Du verschränkst die Arme vor der Brust, presst die Lippen aufeinander und kickst einen Kiesel zur Seite. Dann schaust Du mit über die Schulter in das nächtliche Moor. Ein pelziges Gefühl macht sich in Deinem Mund breit. Willst Du zurück über die Brücke aus Ästen klettern und versuchen, einen anderen Weg aus dem Sumpf zu finden (57)? Oder probierst Du Dein Glück lieber mit der alten Kopfweide (151)? Du kannst auch erst einmal gar nichts tun und abwarten, was geschieht (97).

51

Nach ein paar Schritten erreichst Du den kleinen Hain. Wie lange dünne Finger ragen die Stämme aus dem Boden. Ihr Laubdach bildet ein kleines Gewölbe. Zwar ist es löchrig, doch auf der ansonsten kahlen Ebene ist der Anblick der Bäume eine Wohltat. So überrascht es Dich nicht, in einer Einsenkung an ihrem Fuße die Überreste eines Lagerfeuers zu entdecken. Möchtest Du Dich hier näher umsehen (5)? Oder gehst Du lieber zurück (117)?

52

Du hast Dir das alles irgendwie … luxuriöser vorgestellt! Auf eine Schlammschlacht hast Du nicht die geringste Lust. Daher drehst Du Dich auf dem Absatz um und schlägst den Weg zurück nach Gardburg ein. Soll doch ein anderer durch den Matsch robben und sich von Mücken zerstechen lassen, Du weißt Wichtigeres mit Deiner Zeit anzufangen! Du ziehst den Mantel fester um die Schultern, wirfst dem stinkenden Moor noch einen verächtlichen Blick zu und wanderst dann den Pfad zurück, den Du gekommen bist…

53

Merke Dir das Wort ZAHNSTOCHER und entscheide Dich, was Du als nächstes tust. Willst Du zur nächsten Wegmarke westwärts gehen (45)? Du kannst auch den Weg am toten Baum vorbei nach Nordwesten nehmen (20). Oder Du siehst Dich am Ufer des Tümpels um (126).

54

Dir kommen Erinnerungen an das letzte Mal in den Sinn, als Du hier im Moor von ein paar Pilzen genascht hast. Manche davon sind angenehm, andere sind sehr spezieller Natur und schreien nicht unbedingt nach einer Wiederholung. Du nimmst Deine Gabel und hebst mit dem Zinken eine Pilzscheibe hoch. Auf den ersten Blick sieht sie tatsächlich harmlos aus. Andererseits sind die Kappen der vielen Scheiben auf Deinem Teller unterschiedlich gefärbt, und auf einigen meinst Du ein paar helle Punkte zu erkennen.

Verstohlen blickst Du zu Deiner Gastgeberin herüber. Merkwürdig, dass sie Dir eine übergroße Portion ihres Abendmahls überlässt und sich selbst nur ein Löffelchen kaum größer als ein Taubenschiss aufgetischt hat. Selbst eine federleichte Elfendame würde davon nicht satt. Und warum starrt sie Dich so merkwürdig an, ohne selbst von ihren Kochkünsten zu kosten?

„Schlechte Erfahrungen gemacht?", unterbricht die Alte Deine Gedanken.

Du nickst zaghaft und siehst zu, wie sie sich eine Gabel schnappt, einen ordentlichen Stapel Pilze von Deinem Teller räubert, den Kopf in den Nacken legt und ihre Beute wie ein Feuerschlucker in ihrem Rachen versenkt. Sie lutscht, schmatzt, kaut und schluckt und sagt dann: „Du solltest diese hier trotzdem Mal versuchen. In Butter gebraten sind sie einfach sensationell. Und ganz nebenbei: falls ich Dich loswerden will, stehen mir dafür ganz andere Mittel zur Verfügung. Also iss. Du bist hungrig. Brot?"

Sie greift nach dem Laib, bricht ein ordentliches Stück ab und legt es Dir auf den Teller. Als Du noch immer keine Anstalten machst, einen Bissen zu probieren, seufzt sie: „Ist ja nicht mitanzusehen!"

Sie klaubt sich ein wenig von der weichen Krume heraus, steckt sie sich in den Mund, kaut, reibt sich den Bauch und gibt alberne Lecker-Lecker-Schmatz-Schleck-Geräusche von sich. Tausend Tore zu Hölle, die Alte ist sich wirklich für nichts zu schade! Du rollst mit den Augen, spießt ein Stück Pilz auf, atmest tief ein und nimmst einen Happs.

Dir schießt das Wasser in den Mund und ein wohliges Knurren entringt sich Deiner Kehle. Der Geschmack ist sogar noch besser als alles, was Du im Moor versucht hast! Du lässt alle Vorsicht fahren und schlingst Deinen Anteil in Dich hinein, um kurz darauf gierig auf die Portion auf dem Teller Deiner Gastgeberin zu schielen. Doch auch sie lässt ihr Abendessen nicht kalt werden und ist damit schneller fertig, als Du Mäusekacke sagen kannst. Sie kaut, lehnt sich zurück und verschränkt die Hände hinter dem Nacken.

„Hast Du sonst noch etwas im Moor erlebt, von dem Du mir berichten willst?", fragt sie.

Du überlegst. Sagt Dir GEIST etwas (142)? Oder nicht (135)?

55

Zügig gehst Du voran, bis Du die blaue Wegmarke im Steinhügel am Ufer des Tümpels erreichst. Willst Du Dich hier noch etwas umsehen (132)? Oder den Pfad zum toten Baum einschlagen (79)? Du kannst auch den Weg westwärts nehmen und zur purpurnen Wegmarke am Erlenhain zurückgehen, von der Du eben gekommen bist (45).

56

Du willst mit der Eule sprechen? Na, dann Mal los!

„Wo geht es hier zum Hexenhaus?" (12)

„Kannst Du auch nicht schlafen?" (27)

„Was glotzt Du so? Sitzt das Gewölle quer?" (98)

„Was hältst Du eigentlich von Mäusefallen?" (28)

Falls Dir gerade klar wird, dass Du versuchst mit einer Eule zu reden, weil Du schon ein bisschen zu lange alleine in einem dunklen Moor herumläufst, kannst Du die Sache auch abkürzen und weiter zur nächsten Wegmarke gehen (130).

57

Etwas angefressen kletterst Du auf die morschen Äste und balancierst zurück auf die andere Seite. Ein kleiner Trampelpfad führt unter das Blätterdach des Erlenhains. Möchtest Du Dich dort näher umsehen (122)? Oder möchtest Du weiter westwärts gehen (26)? Du kannst auch zurück zur blauen Wegmarke weit im Osten gehen (55).

58

Willst Du Dich bei den Bäumen umsehen (77)? Oder willst Du den Boden um das Lager absuchen (65)? Du kannst auch die Knochen im Feuer näher in Augenschein nehmen (88). Wenn Du hier schon alles gesehen hast, kannst Du auch den Weg zurückgehen, den Du gekommen bist (117).

59

Es ist gar nicht so leicht, das Monument zu umrunden, denn der Weg wird von weiteren Wänden aus Schilf versperrt. Du zückst die Sichel und bahnst Dir einen Weg durch das Dickicht. Als Du endlich eine Schneise hindurch geschlagen hast, bist Du überrascht, in der Mitte des massiven Felsen eine hineingeschlagene Treppe mit verwitterten Stufen zu sehen. Sie scheint bis zur Spitze des Monumentes zu führen.

Die dicke Moosschicht verrät Dir, dass schon lange niemand mehr einen Aufstieg versucht hat. Willst Du hinaufklettern (6)? Oder siehst Du Dich hier lieber erst ein wenig um (87)?

60

In der Tür auf der anderen Seite der Küche steht eine hochgewachsene Frau in einfacher, brauner Robe. Rotes Haar rahmt wie silbrig durchzogene Flammen ihr langes, schmales Gesicht. Um ihre hellen Augen liegen feine Lachfalten. In ihren Händen hält sie einen Mörser mit halb zermahlenen schwarzen Körnern.

„Nanu? Überrascht, mich zu sehen?", fragt sie und lächelt geheimnisvoll. „Dann habe ich ja alles richtig gemacht."

Verwirrt starrst Du die Frau an. Sie sieht aus wie die Alte, die Dir vom versteckten Haus auf der anderen Seite des Moores erzählt hat, und doch kommt sie Dir ganz anders vor. Dir ist, als wärest Du ihr schon zuvor in einer ähnlichen Situation begegnet, doch Du kannst Dich beim besten Willen nicht erinnern, wo das gewesen ist.

Immerhin: wie ein Hexenmeister sieht sie beim besten Willen nicht aus. Kurz kommst du Dir ein wenig veräppelt vor. Bis Dich der Gedanke beschleicht, dass der Hexenmeister ja auch nur die Gestalt der verrückten Alten angenommen haben könnte… Dir wird flau im Magen. Sagt Dir das Wort FROSCH-TANZ irgendetwas (145)? Oder nicht (95)?

61

Sagt Dir das Wort ÄHRE etwas (32)? Oder nicht (80)?

62

Der Boden ist hier fester und Du kommst gut voran. Hin und wieder verjüngt sich der Weg auf einen Fuß Breite, doch Du kannst die schmalen Stellen mit Leichtigkeit überspringen. Nach einiger Zeit wird das Schilf um Dich dichter. Zu Deiner Linken türmt es sich zu einer schier undurchdringlichen Wand auf. Zu Deiner Rechten windet sich der Pfad noch Osten am Stamm einer toten Erle vorbei.

Es ist im Nebel schwer zu erkennen, doch an ihrem Ende scheint es eine weitere Wegmarke zu geben. Willst Du dem Pfad nach Osten folgen (11)? Oder siehst Du Dir lieber das Schilf an (33)? Natürlich kannst Du auch den Weg zurückgehen, den Du gekommen bist (96).

63

Du holst Schwung, stößt Dich vom Boden ab und springst über das schwarze Wasser auf den Stein auf der Schilfinsel. Dann siehst Du Dich um (144).

64

Du erkennst die Spuren sofort wieder: sie sind schmal und nicht sonderlich groß. Und über jeder Zehe gibt es eine spitz zulaufende Einsenkung im Boden, wie von einer Kralle. Erinnerst Du Dich an das Wort SPUK (148)? Oder nicht (31)?

65

Du suchst den Boden um das Lager auf Hinweise ab. Doch wer immer vor Dir hier gewesen ist, hat keinen Knopf, kein Stück Stoff und erst recht keine Münzen hinterlassen. Du willst Dich gerade wieder der Feuerstelle zuwenden, als Dir doch noch etwas ins Auge fällt: hinter einem Büschel Wollgras gibt es an der Grenze zum Schlamm einen Fußabdruck. Willst Du ihn Dir näher ansehen (83)? Oder überrascht Dich das nicht (58)?

66

Als Dein Stiefel den Stein berührt, willst Du schon aufatmen, dann kommst Du auf der Moosschicht ins Rutschen. Wie ein eiliger Bote, der in vollem Lauf in einen frischen Kuhfladen tritt, rutscht Dein Fuß über das glitschige Moos und katapultiert Dein Vorderbein in die Höhe, dass es Dir fast wie ein Knüppel gegen die Stirn kracht.

Da verlierst Du auch schon das Gleichgewicht, fliegst in hohem Bogen durch ein paar Schilfwedel und kommst mit einem satten Platschen in der schwarzen Brühe auf. Schon saugt sich das kalte Wasser in Deine Kleider und Du spürst, wie Du in der weichen Erde zu versinkst. Hektisch siehst Du Dich um und stellst erleichtert fest, dass der vermaledeite Stein, von dem Du abgerutscht bist, direkt hinter Dir liegt. Du rollst Dich herum, greifst mit der einen Hand den Stein, mit der anderen ein Büschel Schilf und ziehst Dich aus dem Matsch.

Merke Dir das Wort FROSCHTANZ, falls Du es noch nicht auf Deiner Liste hast. Keuchend rappelst Du Dich auf und schiebst Dir etwas Schlamm von den Kleidern. Dann siehst Du Dich um. Einen halben Schritt zu Deiner Linken gibt es einen weiteren Findling im Schilf. Willst Du versuchen, ihn zu erreichen (73)? Oder kehrst Du lieber zur blauen Wegmarke am Ufer zurück (143)?

67

Als Du die Marke erreichst, bist Du erleichtert, wieder festen Boden unter den Füßen zu haben. Du blickst noch einmal auf den Weg zurück, den Du gekommen bist. Aus den Augenwinkeln nimmst Du im Westen ein Leuchten in der Ferne wahr. Doch als Du Dich danach umsiehst, kannst Du nichts entdecken als Erde, Wasser und Schilf. Ein Dutzend Schritte entfernt ragt der abgeknickte Stock aus dem Boden.

Willst Du Dich hier noch ein wenig umsehen (114)? Du kannst auch zur ersten Wegmarke zurückkehren (19) Falls Du versuchen willst, den abgeknickten Stock in der Ferne zu erreichen geht es weiter bei 89.

68

Du schneidest Dir ein Stückchen ab und schiebst es Dir in den Mund. Der köstliche Geschmack reifer Birnen mischt sich mit Aromen von Bohnen und Speck. Du willst Dir gleich noch einen zweiten Bissen abschneiden, da fällt Dir etwas auf. Aus dem Pilzwäldchen dringt plötzlich ein Leuchten. Mit dem Licht ändern auch die Pilze ihre Farbe. Sahen sie bis vor einem

Augenblick noch braun und grau aus, erhellen jetzt rote, blaue und purpurne Kappen die Dunkelheit.

Das Leuchten scheint aus ihnen selbst zu kommen, und einige sehen dabei fast durchsichtig aus. Neugierig beugst Du ein Knie und streckst die Hand vor, um ein besonders prachtvolles Exemplar zu berühren und hältst irritiert inne. Deine Hand sieht plötzlich so anders aus. Und tatsächlich scheint nicht nur aus Deinen Händen, sondern auch aus all Deinen Kleidern sämtlich Farbe gewichen zu sein. Kurz: Du bist schwarz-weiß. Einen Moment lang glotzt Du fasziniert auf Deine Finger. Dann zuckst Du mit den Achseln und weidest Dich ausgiebig an der Farbenpracht der Pilze.

Vielleicht hättest Du die ganze Nacht hier verbracht, doch irgendwann schläft Dein Fuß ein. Als Du Dich aufrappelst, erlischt das geheimnisvolle Leuchten und Du stehst wieder in Dunkelheit da (41).

69

Der Schatten nähert sich fast lautlos durch eine feuchte Stelle des Moores und hält sich dabei stets in Deckung der Gräser. Er bleibt einen Augenblick außerhalb des Lichtkreises und beobachtet das Feuer. Dann schält sich eine bleiche Gestalt aus der Dunkelheit und betritt das Lager.

Die Kreatur ist klein und dürr. Ihr Kopf ist kahl und sie hat lange, seltsam geformte Ohren. Sie trägt ein einfaches Leinenhemd und Hosen, die gerade so über die Knie reichen. An einem schmalen Gürtel hängt ein kleines, blankes Messer. Die Klinge leuchtet bei jedem Schritt im Lichte des Feuers auf wie eine kleine Flamme.

Gebeugt und mit geducktem Haupt schnüffelt das Wesen herum und hält dann plötzlich inne. Langsam hebt es den Kopf. Du drückst Dich dichter in die Schatten des Laubes und hältst den Atem an. Die Kreatur schaut genau in Deine Richtung! Eure Blicke treffen sich. Dir bleibt das Herz stehen. Und dann, schneller, als Du Mäusekacke sagen kannst, fährt die Kreatur herum, nimmt die Beine in die Hand und verschwindet dorthin zurück, woher sie gekommen ist.

Verwirrt glotzt Du in die Dunkelheit und wartest, bis Dein Herzschlag vom schnellen Galopp in eine langsamere Gangart wechselt. Als nichts geschieht und von der Kreatur keine Spur weiterhin zu sehen ist, kletterst Du den Stamm herunter und lässt das Lager eilig hinter Dir (117).

70

Du wanderst den Weg zurück, den Du gekommen bist, als Du aus den Augenwinkeln plötzlich ein Licht wahrnimmst. Abrupt bleibst Du stehen und siehst Dich um. Nichts. Willst Du weitergehen (55)? Oder noch ein wenig warten, in der Hoffnung, dass das Licht wieder auftaucht (14)?

71

Du erwachst auf dem feuchtkalten Boden zwischen Wollgras und Sumpfdotter und siehst zu, wie eine dicke Assel über Deinen Ärmel kriecht. Angewidert schüttelst Du das Ding ab und rappelst Dich auf. Ein dröhnender Schmerz schießt durch Deine Schläfen. Außerdem hast Du Durst. Furchtbaren Durst. Du greifst nach Deinem Trinkschlauch und nimmst einen gierigen Schluck. Kurz wird Dir übel und Du musst Dich wieder hinlegen. Nachdem Du eine Weile stumpfsinnig auf das Gras vor Dir geglotzt hast, geht es Dir etwas besser.

Merke Dir das Wort REISE. Hast Du inzwischen genug von diesem Ort? Dann kannst Du Dich entweder nach Nordost zur purpurnen Wegmarke am Erlenhain aufmachen (46) oder nach Südosten zu Schilfwall gehen (125). Du kannst aber auch weiter Spaß mit Pilzen haben (112).

72

Willst Du nach Westen gehen und Dich bei den Erlen umsehen (51)? Oder gehst Du nach Nordost, tiefer in das Moor hinein (106)? Du kannst auch noch einmal den Steinweg überqueren, um dahin zurückzugelangen, woher Du gekommen bist (94).

73

Willst Du zum rechten, etwas größeren springen (100)? Oder entscheidest Du Dich für den näheren linken Stein (85)?

74

Es knackt und knirscht gewaltig, als Du einen Fuß auf die wacklige Behelfsbrücke setzt, doch die morschen Stämme scheinen Dich zu halten. Hin und wieder musst Du einem Gewirr aus aufragenden Ästen ausweichen, doch kurze Zeit später hast Du wieder festen, grasbewachsenen Boden unter den Füßen. Eine unsichtbare Last fällt von Deinen Schultern und

Du atmest tief durch. Du hast es tatsächlich geschafft: das Moor liegt hinter Dir!

Für einen Augenblick fühlst Du Dich beschwingt. Dann siehst Du Dich um, und musst feststellen, dass Du hier gefangen bist. Vor Dir liegt die steile Felswand, die den schmalen Streifen Wiese einrahmt, auf dem Du stehst. Hinter Dir erstreckt sich das Moor. Ein Haus ist weit und breit nicht zu sehen. Wie es scheint, befindest Du Dich in einer Sackgasse. Du kaust auf Deiner Unterlippe und ballst die Hände zu Fäusten. Du fühlst, wie Dir das Blut in die Wangen schießt. Ein leichter Kopfschmerz pocht gegen Deine Schläfen. Der Gedanke, den ganzen Weg zurück durch die stinkenden Tümpel zu schleichen, schmeckt Dir ganz und gar nicht.

Gereizt suchst Du nach einem Ausweg. Doch es sieht so aus, als gäbe es keinen, der Dir gefallen würde. Willst Du die Felswand nach einem Aufstieg absuchen (50)? Oder willst Du Dich erst einmal ins Gras setzen, um über alles nachzudenken (97)? Du kannst auch versuchen, auf die alte Kopfweide zu klettern, um Dir einen besseren Überblick zu verschaffen (151).

75

Du hangelst Dich die provisorische Leiter hinauf und erreichst mühelos die Baumkrone. Von hier aus hast Du einen guten Ausblick über das Moor und die angrenzenden Wälder. Der abnehmende Mond wirft sein Licht auf den Streifen Wildwiese im Süden, von dem Du gekommen bist. Im Westen und Osten erstreckt sich die Moorlandschaft als ein Teppich aus Sumpfgras und Tümpeln, die in der Dunkelheit wie schwarze Löcher aussehen. Nebelschwaden kriechen still über sie hinweg.

Südwestlich von hier kannst Du drei Wegmarken erkennen, im Osten gibt es eine weitere. Im Norden gibt es eine Felsformation, die von einem Hain aus hohem Schilf umgeben ist. Nachdem Du Dir alles gut eingeprägt hast, kletterst Du zurück hinunter ins Lager (58).

76

Du biegst das Schilf beiseite und kannst endlich erkennen, was dort eineinhalb Schritt vor Dir aus dem Wasser ragt: es ist das Heck eines kleinen Bootes, das an dieser Stelle mit der Bugspitze voran im Morast versunken und in der Tiefe irgendwo stecken geblieben sein muss. Wie ein schiefes Dach schwebt der Rumpf über dem Wasser und spannt sich über das Brett der hintersten Sitzbank, die als einzige nicht im Moor versunken ist. Einen Namen hatte die Nussschale nicht. Zumindest kannst Du keinen entdecken.

Eine dicke Schicht Moos bedeckt das Holz, und aus seinen Ritzen wachsen Schwammpilze, von denen ein eigenartiges Leuchten ausgeht. Du suchst Deine Umgebung gründlich nach weiteren Steinen ab, doch Dein Weg scheint hier zu enden. Du seufzt leise und willst Dich schon abwenden, da fällt Dir etwas auf, das Dir zuvor entgangen ist: hinter der Sitzbank des morschen Kahns liegt etwas.

Du gehst in die Hocke, um es genauer zu betrachten. Da liegt ein verschnürter Beutel! Du beugst Dich vor und streckst den Arm aus, doch Du kannst ihn nicht erreichen. Du schnappst Dir Dein abgebrochenes Paddel und stocherst damit in den Schatten des Kahns herum. Wie durch ein Wunder findet der Stab durch eine Schlaufe und Du kannst den Beutel zu Dir herüberziehen. Er besteht aus dunklem, ungegerbten Leder und enthält einen Wetzstein und eine kleine Sichel mit einem Griff aus Horn. Die Klinge ist gut gepflegt und mörderisch scharf.

Merke Dir das Wort ÄHRE. Dann packst Du Stein und Sichel zurück in den Beutel, schnürst ihn an Deinem Gürtel fest und machst Dich zurück auf den Weg ans Ufer (143).

77

Du nimmst die Erlen näher in Augenschein und entdeckst in einem Hohlraum unter vorstehenden Wurzeln einen Stoß Holzscheite, der für ein kleines Feuer reichen würde. Nachdenklich reibst Du Dir das Kinn. Wer auch immer hier gelagert hat, war entweder ein ausgesprochen netter Reisender. Oder er hat vor, hierher zurückzukehren. Ein Schauer läuft Dir über den Rücken und Du siehst Dich um. Außer Dir scheint niemand hier zu sein.

Willst Du zur Feuerstelle zurückkehren (58)? Oder bleibst Du noch einen Moment bei den Bäumen (44)? Vielleicht überkommt Dich aber auch die Lust, mit den gefundenen Scheiten ein Feuer anzünden und selbst eine Weile hier zu rasten (16).

78

Du schneidest Dir ein kleines Stück von einer Pilzkappe und betrachtest es eindringlich. Das Fleisch ist weich und cremefarben. Nur die Haut hat eine dunklere, braune Farbe. Ein verlockender Geruch steigt Dir in die Nase. Du schiebst Dir das Stückchen in den Mund und kaust.

Der Geschmack von gebratenem Reh, Wacholder und Wein macht sich auf Deiner Zunge breit. Er ist so köstlich, dass Du Dich hinabbeugst, um gleich ein größeres Stück zu nehmen und stutzt. Der Pilz, von dem Du den ersten Bissen abgeschnitten hattest, steht völlig unversehrt vor Dir, als hätte nie jemand ein Messer an ihn gelegt. Stattdessen ziert einen seiner Kumpane weiter hinten nun ein weißer Keil, der aussieht wie der, den Du bei Abschneiden hinterlassen hast.

Bist Du davon unbeeindruckt und nimmst noch einen Bissen (155)? Oder lässt Du es gut sein (41)?

79

Du wanderst auf dem Pfad zurück und erreichst den toten Baum. Von der Eule keine Spur. Du siehst Dich noch einmal um und schaust dann zum kahlen Ast auf. Nichts. Du kratzt Dich am Kopf und gehst weiter nach Osten (130).

80

Du watest voran und bahnst Dir mit beiden Armen einen Weg durch das Schilf. Gleich beim zweiten Schritt rutschst Du an einem Erdhügel ab und knickst mit dem Knöchel ein. Du verlierst das Gleichgewicht und landest mit dem Oberkörper in einem Büschel Halmen, während Deine Knie in den Matsch plumpsen.

Es dauert einen Augenblick, bis Du Dich aufgerappelt hast, denn Dein Stiefel hat sich unter einem Netz von Wurzeln verhakt. Mit etwas wackligen Beinen tastest Du Dich weiter voran. Mal weichst Du nach rechts aus, mal schlängelst Du Dich links hindurch oder machst einen großen Schritt über eine tiefe Stelle. Immer wieder kommst Du ins Straucheln. Zwar steht das Schilf unheimlich dicht, doch die Wurzeln verteilen sich unregelmäßig in der Erde und lassen tückische Lücken.

Schon nach kurzer Zeit hast Du die Orientierung verloren. Bewegst Du Dich immer noch nach Osten? Du schaust zum Himmel, kannst den Mond aber nicht sehen. Mit einem unguten Gefühl stapfst Du weiter voran. Endlich lichtet sich das Schilf. Du trittst zurück ins freie und atmest auf. Als Du Dich umsiehst, kannst Du in ein paar Schritten Entfernung die Umrisse eines großen Pilzes erkennen.

Du seufzt. Offenbar bist Du im Kreis gewandert und stehst nun wieder an derselben Stelle, von der Du losgegangen bist. Du lässt Dir selbst keine Zeit, Dich darüber zu ärgern und kehrst einfach zum großen Pilz im Nordwesten zurück (<u>22</u>).

81

Nach ein paar Schritten wird der Untergrund feuchter und Du beginnst, mit Deinen Stiefeln einzusinken. Wie es aussieht, kommst Du hier nicht weiter. Du zuckst mit den Schultern und stapfst den Weg zurück, den Du gekommen bist. Möchtest Du den Weg nach Norden einschlagen (<u>62</u>)? Oder hast Du es Dir überlegt, und gehst noch einmal den Weg zurück zum Steinweg (<u>96</u>)?

82

Du nimmst Deine Gabel und hebst mit dem Zinken eine Pilzscheibe hoch. Auf den ersten Blick sieht sie tatsächlich harmlos aus. Andererseits sind die Kappen der vielen Scheiben auf Deinem Teller unterschiedlich gefärbt, und auf einigen meinst Du ein paar helle Punkte zu erkennen. Verstohlen blickst Du zu Deiner Gastgeberin herüber.

Merkwürdig, dass sie Dir eine übergroße Portion ihres Abendmahls überlässt und sich selbst nur ein Löffelchen kaum größer als ein Taubenschiss aufgetischt hat. Selbst eine federleichte Elfendame könnte davon nicht satt werden. Und warum starrt sie Dich so merkwürdig an, ohne selbst von ihren Kochkünsten zu kosten?

„Schlechte Erfahrungen gemacht?", unterbricht die Alte Deine Gedanken.

Du antwortest nicht und siehst zu, wie sie sich eine Gabel schnappt, einen ordentlichen Stapel Pilze von Deinem Teller räubert, den Kopf in den Nacken legt und ihre Beute wie ein Feuerschlucker in ihrem Rachen versenkt. Sie lutscht, schmatzt, kaut und schluckt und sagt dann: „Du solltest diese hier trotzdem Mal versuchen. In Butter gebraten sind sie einfach sensationell. Und ganz nebenbei: falls ich Dich loswerden will, stehen mir dafür ganz andere Mittel zur Verfügung. Also iss. Du bist hungrig. Brot?"

Sie greift nach dem Laib, bricht ein ordentliches Stück ab und legt es Dir auf den Teller. Als Du noch immer keine Anstalten machst, einen Bissen zu probieren, seufzt sie: „Ist ja nicht mitanzusehen!"

Sie klaubt sich ein wenig von der weichen Krume heraus, steckt sie sich in den Mund, kaut, reibt sich den Bauch und gibt alberne Lecker-Lecker-Schmatz-Schleck-Geräusche von sich. Tausend Tore zu Hölle, die Alte ist sich wirklich für nichts zu schade! Du rollst mit den Augen, spießt ein Stück Pilz auf, atmest tief ein und nimmst einen Happs.

Das Wasser schießt Dir in den Mund und ein wohliges Knurren entringt sich Deiner Kehle. Der Geschmack ist sogar noch besser als der Duft aus der Pfanne! Du lässt alle Vorsicht fahren und schlingst Deinen Anteil in Dich hinein, um kurz darauf gierig auf die Portion auf dem Teller Deiner Gastgeberin zu schielen. Doch auch sie lässt ihr Abendessen nicht kalt werden und ist damit schneller fertig, als Du Mäusekacke sagen kannst. Sie kaut, lehnt sich zurück und verschränkt die Hände hinter dem Nacken.

„Hast Du sonst noch etwas im Moor erlebt, von dem Du mir berichten willst?", fragt sie.

Du überlegst. Sagt Dir GEIST etwas (142)? Oder nicht (135)?

83

Du gehst in die Hocke und besiehst die Spur genauer. Es ist ein Fußabdruck. Er ist recht schmal und nicht sonderlich groß. Auf den ersten Blick sieht er menschlich aus. Dann entdeckst Du etwas, das Dir einen Schauer über den Rücken laufen lässt: über jeder Zehe gibt es eine spitz zulaufende Einsenkung. Das sind Abdrücke von Krallen! Hastig siehst Du Dich um. Am Lagerplatz ist alles ruhig. Nebel kriecht in feinen Schwaden über das Moor. Du schluckst und spürst einen dicken Kloß in Deinem Hals. Wer immer hier gelagert hat, war kein Mensch. Merke Dir das Wort KRALLE.

Willst Du den Lagerplatz schnell verlassen, bevor die Kreatur zurückkehrt (117)? Oder siehst Du Dich lieber weiter um (58)?

84

Du gehst den Weg zurück durch die Schneise, die Du mit der Sichel geschlagen hast und trittst nach einer Weile wieder aus dem dichten Schilf. In ein paar Schritten Entfernung kannst Du die Umrisse des großen Pilzes erkennen. Da es hier sonst nichts weiter zu sehen gibt, seufzt Du und schlenderst auf ihn zu (22).

85

Du machst einen Satz und landest auf dem Stein. Schnell hast Du Dein Gleichgewicht wieder und siehst Dich um (110).

86

Mutig machst Du einen Schritt vor und verlierst sofort den Boden unter den Füßen. Mit sattem Schmatzen sinkst Du bis zum Nabel in die nasse Erde ein, als wärst Du volltrunken über die Kante eines Ruderbootes gestiefelt, das Dich eigentlich sicher an Land bringen sollte.

Das dicke, schlammige Wasser dringt wie eine kalte Krötenzunge in Deine Stiefel und Kleider bis in Deine Po-Ritze. Zu allem Überfluss wird Dir gerade klar, dass der Boden unter Deinen Füßen immer weiter nachgibt und Du mit beachtlicher Geschwindigkeit immer tiefer einsinkst.

Falls Du nicht als hübsche Moorleiche enden willst, bleibt Dir nicht viel Zeit. Strampelst Du gegen den Sog an (43)? Oder bewegst Du Dich so wenig wie möglich (3)? Du kannst auch immer noch versuchen, den abgebrochenen Stock in acht Schritten Entfernung zu erreichen (30).

87

Du wanderst ein wenig umher und stolperst dabei über ein paar Steine, die zwischen Wollgrasbüscheln aus der Erde ragen. Zuerst hältst Du sie für zufällig verstreute Findlinge. Doch bei näherem Hinsehen erkennst Du, dass die ganze Rückseite des seltsamen Monumentes mit Steinen gepflastert ist. Es sieht fast aus, als hätte einst eine Straße hier entlanggeführt. Möchtest Du noch auf die Treppe zur Spitze des Monumentes klettern (6)? Oder ziehst Du es vor, zur Vorderseite zurückzukehren (156)?

88

Du lässt Dich auf ein Knie sinken, nimmst eines der weniger verkohlten Stöckchen und beginnst in der Asche herumzustochern. Die knöchernen Überreste sind leicht und schmal und haben wahrscheinlich Mal einem Huhn oder einer Ente gehört. Du findest noch ein Stück ungefärbtes Leder, von dem unmöglich zu sagen ist, wozu es einst gedient hat. Außerdem eine angelaufene Kupfermünze, und einen Strauß vertrockneter Kräuter, die jemand auf das herabgebrannte Feuer gelegt haben muss (58).

89

Langsam und vorsichtig bewegst Du Dich vorwärts. Der Boden ist hier weich und rutschig. Je näher Du dem Stock kommst, desto feuchter wird die Erde. Nach fünf Schritten beginnst Du langsam einzusinken. Mit wackeligen Beinen rettest Du Dich auf eine kleine festere Grasinsel.

Der Weg vor Dir sieht nicht besonders vertrauenserweckend aus. Auf der dunklen Erde schimmern handtellergroße Pfützen. Bis zum abgeknickten Stock sind es noch gut acht Schritte. Willst Du Dich durch den Schlamm dorthin kämpfen (86)? Oder gehst Du lieber zurück zur Wegmarke mit dem grauen Fähnchen, von der Du gekommen bist (36)? Du kannst auch einen Moment hier stehenbleiben und Dir das Moor im Dämmerlicht ansehen (129).

90

Du nimmst ein wenig Anlauf und springst mit einem gewaltigen Satz über das Wasser. Wirf eine Münze. Zeigt Sie Kopf (66)? Oder Zahl (13)?

91

Du holst Schwung und stößt Dich vom Boden ab. Einen Wimpernschlag lang schwebst Du über dem Tümpel. Als der Schwung nachlässt und Du Dein Ziel in den Blick nimmst, durchzuckt Dich eine Erkenntnis eiskalt: Dein Sprung ist zu kurz. Noch in der Luft lehnst Du Dich vor, in der Hoffnung, so noch einen halben Schritt herauszuholen. Doch stattdessen kommst Du aus dem Gleichwicht und saust ungebremst auf das brackige Wasser zu. Noch im Fall streckst Du verzweifelt die Arme nach dem Stein vor Dir aus. Dann landest Du mit einem satten Bauchklatscher im Matsch.

Prustend drehst Du den Kopf zur Seite und kannst einen kleinen Triumph verzeichnen: Deine linke Hand hat den Stein vor Dir noch zu fassen bekommen und Du ziehst Dich rasch aus dem Schlamm. Merke Dir das Wort FROSCHTANZ, falls Du das zuvor noch nicht getan hast. Dann siehst Du Dich um (144).

92

Du steuerst zielstrebig an den Spuren vorbei auf das Brackwasser zu. Dabei kommt Dir eine Idee. Warum nicht den Stab zum Vortasten und als Stütze verwenden? Am Ufer angekommen, sucht und findet Dein Blick den großen Stein auf der nächstgelegenen Schilfinsel. Du suchst im Schlamm einen einigermaßen festen Ansatzpunkt für Dein Stabende, nimmst Schwung und drückst Dich vom Boden ab. Mit einem hohen Satz landest Du genau auf dem Findling.

Den nächsten Sprung machst Du auf die gleiche Weise. Für die letzte Distanz kommst Du mit Deiner Strategie allerdings nicht weiter. Du stocherst eine Weile im Wasser herum, doch der Boden ist hier so weich, dass Du keinen Halt findest. Du verweilst einen Augenblick, um zu überlegen. Die kleine Insel mit Schilf, in der Du stehst, scheint einigermaßen fest zu sein. Ohne lange zu überlegen, rammst Du das eine Ende des Stabes in den Boden, stößt Dich ab und landest etwas wackelig auf dem Stein auf der anderen Seite (101).

93

Wieder steigt Dir der köstliche Kräuterduft in die Nase. Dein Magen knurrt wie ein hungriger Welpe. Wirf eine Münze. Zeigt sie Kopf (112)? Oder Zahl (128)?

94

Du stolperst über das Mosaik aus Steinen zurück auf die andere Seite. Hier denkst Du noch einmal gründlich über Deine Optionen nach. Du kannst Dich auf den schmalen Weg zur Wegmarke mit dem grauen Fähnchen im Westen machen (40). Oder doch noch einmal über den Weg aus Steinen nach Osten gehen (17). Falls Du vom stinkenden Moor inzwischen die Nase gestrichen voll hast, kannst Du Dich auch endgültig von hier zurückziehen und den Weg nach Hause antreten (52).

95

Sie deutet auf einen der freien Hocker am Tisch und sagt: „Setz Dich und erzähl mir, wie es Dir im Moor ergangen ist."

Dann dreht sie sich um, tritt an das Herdfeuer und rührt mit einem Holzlöffel in der Eisenpfanne herum.

Unschlüssig klopfst Du Dir ein wenig Staub von der Hose. Die Alte ist Dir nicht geheuer. Das mulmige Gefühl in Deinen Eingeweiden sagt Dir, dass Du auf der Hut sein musst. Andererseits stehst Du hier mitten in ihrer Küche, ohne dass etwas Ungewöhnliches geschehen wäre. Du bist nicht zu Stein erstarrt, zu Staub zerfallen, durch die Luft geschleudert oder in eine Maus verwandelt worden. Es läuft also eigentlich ganz gut für Dich. Und wie es aussieht, wirst Du gerade zu einem kleinen Nachtmahl eingeladen.

Sicher ist es nicht ratsam, Deine Gastgeberin zu erzürnen. Und die Pilze in der Pfanne riechen wirklich köstlich. Als Du schließlich Platz nimmst und dabei wachsam Deinen Blick durch den Raum schweifen lässt, fragt die Alte: „Ist Dir auf Deinem Weg hierher jemand begegnet?"

Sagt Dir das Wort SPUK etwas (140)? Oder nicht (37)?

96

Du kommst zurück an die Stelle, an der Du im Westen die Gruppe Erlen sehen kannst. Im Süden liegt der Steinweg. Möchtest Du den Steinweg überqueren (94)? Falls Du noch nicht dort warst, kannst Du auch zu dem kleinen Erlenhain gehen (51)? Oder Du gehst den Weg zurück, den Du eben gekommen bist, um noch tiefer in das Moor vorzudringen (106).

97

Kraftlos lässt Du Dich mit dem Hintern voran ins Gras fallen und bleibst einen Moment dort sitzen. Über Dir leuchtet das Sternbild des Bärenhüters. Eine kühle Brise flüstert durch die schlafenden Blumen und streicht über Dein Gesicht. Ein paar Nachtfalter flattern über Dich hinweg. Erst jetzt, wo Du so da sitzt, merkst Du wie müde Du eigentlich bist.

Du bist schon halb eingeschlummert, als Dich plötzlich eine dunkle Stimme ruft. Du fährst zusammen und bist mit einem Satz wieder auf den Beinen. Verwirrt siehst Du Dich um. Auf einem der dicken Aststümpfe der Kopfweide sitzt ein Uhu und glotzt Dich mit goldenen Augen vorwurfsvoll an. Es ist in der Dunkelheit nicht mit Gewissheit zu sagen, doch Du könntest schwören, dass es der Vogel aus dem Moor ist. Eine Weile starrst Du zum dem Uhu hinauf. Der Uhu starrt zurück. Schließlich sprichst Du ihn an. Der Uhu antwortet nicht, macht einen Satz und fliegt lautlos dorthin zurück, von wo er gekommen ist.

Du zuckst mit den Schultern und willst Dich schon abwenden, da fällt Dein Blick auf einen Schatten im Stamm der Weide. Willst Du Dir das näher ansehen (151)? Oder schaust Du Dich lieber an der Felswand nach einem Aufstieg um (50)? Du kannst auch über die morsche Brücke aus Ästen in das Moor zurückkehren (57).

98

Der Vogel dreht den Kopf um 180 Grad und starrt dann schweigsam in die Nacht, ohne Dich eines weiteren Blickes zu würdigen. Hast Du jetzt genug mit dem Vogel gesprochen (130)? Oder wäre da noch diese eine Sache (56)?

99

Du gehst den Weg zurück durch die Schneise, die Du mit Sichel geschlagen hast und trittst nach einer Weile wieder aus dem dichten Schilf. Im Osten siehst Du die Umrisse eines toten Baumes und dahinter in der Ferne eine Wegmarke. Zu Deiner Rechten führt ein Pfad nach Süden. Willst Du den Weg ostwärts zur nächsten Wegmarke nehmen (113)? Oder gehst Du zurück nach Süden in Richtung Steinweg (96)?

100

Du gehst in die Hocke und hüpfst wie ein Frosch auf Dein Ziel zu. Als Du aufkommst, geschieht etwas Seltsames: Der vermeintliche Stein gibt unter Dir nach und ploppt in die Tiefe wie ein Korken, den man im Suff aus einer Laune heraus in die Sorte Wein drückt, von der man so schöne Kopfschmerzen bekommt. Du nimmst noch wahr, wie Du langsam im Tümpel versinkst wie der Kapitän einer lecken Nussschale, dann verlierst Du das Gleichgewicht und platschst mit rudernden Armen ins Wasser.

Prustend tauchst Du an die Oberfläche, bekommst den anderen Stein zu fassen und ziehst Dich hinauf, während der falsche Stein seelenruhig an seine alte Position zurückkehrt. Merke Dir das Wort FROSCHTANZ, falls Du das zuvor noch nicht getan hast. Hast Du inzwischen genug von der Hüpferei und kehrst zum Ufer des Tümpels und Wegmarke zurück (143)? Oder willst Du schauen, ob Du hier weiterkommst (110)?

101

Du schnappst Dir Dein abgebrochenes Paddel und stocherst damit in den Schatten des Kahns herum. Wie durch ein Wunder findet der Stab durch eine Schlaufe und Du kannst den Beutel zu Dir herüberziehen. Er besteht aus dunklem, ungegerbten Leder und enthält einen Wetzstein und eine kleine Sichel mit einem Griff aus Horn. Die Klinge ist gut gepflegt und mörderisch scharf.

Merke Dir das Wort ÄHRE. Dann packst Du Stein und Sichel zurück in den Beutel, schnürst ihn an Deinem Gürtel fest und machst Dich zurück auf den Weg ans Ufer (143).

102

Vorsichtig wagst Du Dich in das Dickicht, biegst das Schilf zur Seite und windest Dich durch die Lücken hindurch. Mal weichst Du nach rechts aus, mal schlängelst Du Dich links hindurch oder machst einen großen Schritt über eine tiefe Stelle. Immer wieder kommst Du ins Straucheln. Denn die harten langen Halme, die Dir über das Gesicht peitschen, sind nicht Dein einziges Problem.

Zwar steht das Schilf unheimlich dicht, doch die Wurzeln verteilen sich unregelmäßig in der Erde und lassen tückische Lücken. Schon nach kurzer Zeit hast Du die Orientierung verloren. Bewegst Du Dich immer noch nach Westen? Du schaust zum Himmel, kannst den Mond aber nicht sehen. Allmählich überkommt Dich ein ungutes Gefühl. Was, wenn Du den Weg zurück nicht findest? Du schluckst und siehst Dich um. Alles sieht gleich aus.

Ein Kribbeln wandert über Deine Arme die Schultern hinauf bis über Deinen Nacken. Dann fällt Dir ein Schatten ins Auge, der wie ein langer Finger über das Schilf in den Himmel aufragt. Ein kahler Ast steht von ihm ab. Der Anblick gibt Dir neuen Mut. Eilig kämpfst Du Dich darauf zu. Bald darauf brichst Du aus dem Schilf und stehst wieder erleichtert auf freier Fläche. Im Osten siehst Du die Umrisse eines toten Baumes und dahinter in der Ferne eine Wegmarke. Zu Deiner Rechten führt ein Pfad nach Süden.

Du kaust nachdenklich auf Deiner Unterlippe. Offenbar bis Du wieder genau an der Stelle, von wo Du Dich aufgemacht hast. Willst Du den Weg ostwärts zur nächsten Wegmarke nehmen (113)? Oder gehst Du zurück nach Süden in Richtung Steinweg (96)?

103

In stiller Vorfreude ziehst Du Dein Messer und kniest Dich zum Pilzwäldchen hinab. Welchen möchtest Du probieren?

Einen langen, dünnen (136).

Einen runden, dicken (23).

Einen mit großem Schirm (68).

Einen dicken mit Hut (149).

104

Die Fußabdrücke sind schmal und nicht sonderlich groß. Auf den ersten Blick sehen sie menschlich aus. Doch dann entdeckst Du etwas, das Dir einen Schauer über den Rücken laufen lässt: über jeder Zehe gibt es eine spitz zulaufende Einsenkung. Das sind Abdrücke von Krallen! Beunruhigt siehst Du Dich um. Doch außer Dir scheint niemand hier zu sein (31).

105

Leise trittst Du auf die Schwelle und horchst. Aus dem Inneren ist ein leises Brutzeln zu hören. Du drückst die Tür einen

Spalt auf und blickst in einen kurzen Flur, an dessen Ende Dir ein dicker Ledervorhang die Sicht versperrt. Hinter dem Windfang flackert Licht. Zum unwiderstehlichen Geruch von in Butter gebratenen Pilzen mischt sich der Duft von Kräutern und frisch gebackenem Brot.

Du kaust auf Deiner Lippe und mahnst Dich selbst noch, vorsichtig zu sein, da haben Dich Deine Füße schon durch den Flur getragen. Mit knurrendem Magen schiebst Du den Vorhang zur Seite und stehst gleich darauf mitten in einer kleinen Küche. Über dem Herdfeuer brutzelt es duftend in einer Eisenpfanne, und auf einem Tisch an der Seite stehen zwei Teller und ein halber Laib Brot mit dunkel gebackener Kruste.

Hungrig machst Du einen Schritt darauf zu und bist versucht, Dich einfach auf einem der Hocker niederzulassen, da ertönt hinter Dir eine Stimme: „Na, das hat ja ganz schön gedauert!" (60)

106

Nach ein paar Schritten kommst Du an eine weitere Weggabelung. Der Weg rechts entlang führt nach Südost und scheint nirgendwohin zu führen. Der Weg geradeaus führt weiter nach Norden. Möchtest Du auf dem Weg bleiben (62)? Oder die Abzweigung rechts nach Südosten nehmen (81)? Du kannst auch umkehren und den westwärts gehen, von wo Du gekommen bist (96).

107

Du öffnest die Tür und stehst auch schon wieder am Fuße des großen Pilzes. Dir ist ein wenig schlecht und schwindelig. Die Sache kommt Dir komisch vor, aber manchmal passieren die Dinge einfach, wie sie wollen, nicht wahr? Du fährst Dir mit den Handflächen über das Gesicht und schaust auf den offenen Durchgang. Von irgendwoher kommt Musik. Willst Du der Sache nachgehen (115)? Oder lieber nicht (41)?

108

Der Abstieg gestaltet sich auf den kleinen Stufen beschwerlicher als der Weg hinauf und fordert Dir einiges an Balance und Geschicklichkeit ab. Immerhin kommt Dir die Strecke auf dem Abstieg kürzer vor. Ehe Du Dich versiehst, stehst Du auch schon wieder auf gepflastertem Grund. Möchtest Du noch einmal zur Vorderseite des Monumentes zurückkehren (156)? Oder hast Du hier schon alles gesehen und willst diesen Ort jetzt verlassen (2)?

109

Hinter der Wegmarke sind vor dem Tümpel ein paar Fußspuren zu erkennen. Sagt Dir das Wort KRALLE etwas (64)? Oder nicht (104)?

110

Vor Dir erstreckt sich der Tümpel bis zum Horizont. Schilfinseln ragen hier und da aus dem schwarzen Wasser. In drei Schritten Entfernung ragt ostwärts ein Schatten aus der Tiefe. Zuerst hältst Du ihn für einen großen Findling, doch für einen Felsen hat er zu klare Formen. Er sieht fast aus wie der Umriss eines kleinen Daches.

Angestrengt spähst Du in die Nacht und suchst nach einem Weg näher heranzukommen. Du musst eine Weile in die Dunkelheit starren, bis Du es siehst: da ragen hintereinander tatsächlich zwei kaum faustgroße Steine aus dem schwarzen Wasser und führen wie eine kleine Brücke zu einer Schilfinsel neben dem Schatten.

Willst Du den Sprung wagen (7)? Oder hast Du hier inzwischen genug Spaß mit Steinen gehabt und kehrst lieber rasch zum Ufer des Tümpels zurück (143)?

111

Willst Du Anlauf nehmen und den Steinweg so schnell wie möglich überqueren (138)? Oder tastest Du Dich lieber Stein für Stein vor (48)?

112

Willst Du den großen Pilz genauer untersuchen (123)? Oder schaust Du Dir lieber die hafersackgroßen Exemplare an (78)? Du kannst auch den Blick auf das Gewirr kleiner Köpfe am

Boden richten (34). Falls Du endlich genug Pilze gesehen hast, geht es weiter bei 4.

113

Bist Du diesen Weg schon einmal gegangen (130)? Oder nicht (11)?

114

In westlicher Richtung steht eine Gruppe Erlen. Um die Bäume scheint es eine Insel aus festem Boden zu geben, doch Du kannst keinen Weg dorthin entdecken. Du untersuchst die Erde unter Deinen Füßen und tastest Dich vorsichtig bis zu dem Punkt, an dem Deine Stiefel einsinken. Plötzlich fällt Dein Blick auf eine dunkle Einsenkung neben Dir. Ein Fußabdruck! Dein Herz schlägt schneller. Du lässt Dich auf ein Knie sinken und siehst Dir das genauer an. Du schluckst. Wer auch immer vor Dir hier war, trug keine Schuhe und hatte ziemlich große Füße. Riesige Füße.

Du stellst Deinen Stiefel neben den Abdruck. Er passt beinahe zweimal hinein. Mit einem mulmigen Gefühl und einem Kribbeln im Nacken siehst Du Dich um. Als Du niemanden entdecken kannst, richtest Du Dich langsam wieder auf und horchst noch einmal in die Dämmerung. Doch da ist nichts außer dem wirren Konzert aus Unkenrufen und dem Zirpen der Grillen. Doch Deine Anspannung bleibt. Von jetzt an wirst Du noch mehr auf der Hut sein. Du stellst Dich näher an die Wegmarke und überlegst, was Du als nächstes tun wirst.

Willst Du versuchen, zum abgeknickten Stab in nordöstlicher Richtung zu gelangen (89)? Oder möchtest Du Dich lieber nach dem Licht Ausschau halten (10)? Du kannst natürlich auch zurück nach Südwesten zu der Marke zurück gehen, von der Du ursprünglich gekommen bist (19).

115

Leise steigst Du die schmale Treppe empor und musst dabei achtgeben, dass Du Dir nicht den Kopf stößt. Über Dir wird die Musik lauter. Du hältst inne und horchst. Da sind Lautenklänge. Ob oben ein Barde sitzt? Du tastest Dich weiter durch die Dunkelheit voran, bis Du eine kleine Tür erreichst. Als Du sie öffnest, spürst Du die Kühle der Nacht auf Deinem Gesicht. Du kannst Dich nicht erinnern, die Tür durchschritten zu haben, doch plötzlich stehst Du auf Planken an einer Rehling und schaust in die Weite des Himmels.

Über Dir leuchten die Sterne, unter Dir fliegen Wolken vorbei. Hinter Dir ragt ein kleines Kastell mit der Tür auf, durch die Du gekommen bist. Wie es aussieht, befindest Du Dich an Deck eines Schiffes, das die Luft durchsegelt. Die Musik weht wie eine Brise über Dich hinweg. Zu den Lautenklängen mischt sich noch ein anderes Instrument, das Du nicht kennst. Von irgendwo singt jemand. Du schaust Dich um, doch es ist niemand zu sehen. Du lächelst und fühlst Dich seltsam beschwingt. All das kommt Dir gar nicht komisch vor.

Willst Du noch ein wenig hier verweilen (24)? Oder schaust Du, wohin die Tür im Kastell Dich führt (147)?

116

Du bugsierst das Ding umständlich in das Loch im Boden und trittst die Steine drumherum fest. Das Paddel steht zwar etwas schief, aber es steht. Willst Du zur nächsten Wegmarke westwärts gehen (45)? Du kannst auch den Weg am toten Baum vorbei nehmen (20). Oder Du siehst Dich am Ufer des Tümpels um (109).

117

Du gehst den schmalen Pfad zurück nach Osten und stehst nach kurzer Zeit an einer Gabelung. Der Weg nach Nordost führt tiefer in das Moor hinein (106). Im Süden liegt der Steinweg, über den Du gekommen bist. Du kannst ihn noch einmal überqueren, um auf die andere Seite der Senke zu gelangen (94). Du kannst es Dir auch anders überlegen und noch einmal zurück zum Lagerplatz mit den Erlen gehen (51).

118

Du berührst den Knauf und die Tür schwingt lautlos zur Seite. Du erklimmst ein paar steinerne Stufen und stehst mit einem Mal in einem großen, vollgestopften Gastraum. Vor der Theke stehen Männer mit unterschiedlich langen Haaren und Bärten. Jeder Tisch ist besetzt, und auf den Gängen drängen sich all jene mit ihren Bierhumpen, die keinen Sitzplatz mehr ergattern konnten.

Die einen Würfeln, die anderen starren einen Mann mit löchrigem Hut an, der wild während seiner Rede mit den Armen gestikuliert, wieder andere glotzen in ihre Getränke, als spiele sich am Grund ihrer Becher ein langwieriges Spektakel ab. Über allem liegt eine seltsame Stille. Statt Stimmengewirr, dem Klacken von anstoßenden Humpen und wohligen Rülpsern hörst Du nichts. Gar nichts.

Einen Moment bist Du so abgelenkt, dass Du erst im letzten Moment einen torkelnden Nordmann auf Dich zu kommen siehst. Du versuchst noch auszuweichen, doch es ist zu spät. Der Nordmann wankt einfach durch Dich hindurch als wärst Du Luft und verschwindet dann die Treppe herunter im Abort. Du schluckst und wirfst einen kritischen Blick auf Deine Arme und Hände. Sie scheinen noch da zu sein.

Wie es aussieht, geht hier etwas nicht mit rechten Dingen zu. Du schüttelst Dich, gibst Dir selbst eine Backpfeife und gehst den Weg zurück, den Du gekommen bist (107).

119

Du siehst Dich noch einmal gründlich um und entdeckst eine Trittleiter aus Seil an einem der Baumstämme. Mit einem misstrauischen Blick über die Schulter klaubst Du ein paar Scheite zusammen und findest dabei sogar noch einen Rest Anzündholz und Birkenrinde. Hastig schichtest Du die Hölzer am Lager zu einem kleinen Kegel auf, kramst Deinen Feuerstahl hervor und lässt die Funken auf die Birkenrinde fliegen.

Deine Hände zittern dabei vor Anspannung. Doch schon nach ein paar Schlägen hast Du Erfolg. Du steckst den brennenden Streifen zwischen die Hölzchen und wartest bis sie Feuer fangen. Als das Feuer endlich brennt, springst Du auf, eilst zu den Bäumen zurück und hangelst Dich die Leiter hinauf. Im Schutz des Laubes gehst Du in Deckung und wartest. Eine Weile geschieht nichts. Doch dann regt sich etwas auf der

Lichtung. Ein Schatten nähert sich von Osten. Sagt Dir FROSCHTANZ etwas (69)? Oder nicht (39)?

120

Du verlagerst Dein Gewicht ganz auf Dein linkes Bein und tastest mit dem rechten Fuß den Weg vor Dir ab. Dein Stiefel sinkt dabei ein wie in Brotteig. Nachdem Du es an mehreren Stellen versucht hast, musst Du feststellen, dass es hier keinen festen Boden gibt. Die Aussicht auf eine Zukunft als Moorleiche erscheint Dir wenig rosig, so dass Du Dich wohl oder übel nach einem anderen Weg umsehen musst.

Zu Deiner Linken gibt es den kleinen Pfad aus Steinen (9). Zu Deiner Rechten führt ein Weg zu einer weiteren Wegmarke (40). Du kannst auch aufgeben, das Moor endlich hinter Dir lassen und dahin zurückkehren, von wo Du gekommen bist (52).

121

Die Insel ist wie jeder Flecken Erde im Moor mit Wollgras bedeckt, dessen weiße Blüten wie Schneeflocken im Mondlicht leuchten. Die kühle Nachtluft ist voller Glühwürmchen. Als Du Dich der Felsformation näherst, flattern Falter aus dem Gras und tanzen taumelnd um Dich bevor sie sich einen neuen Ort für ihre Nachtruhe suchen. Aus der Ferne ist das Quaken der Frösche zu hören, doch auf der Insel selbst ist es ganz still. Du trittst auf eine kleine Lichtung und stehst mit einem Mal vor einem Monument aus Stein.

Eine massive, unförmige Felsplatte lehnt wie ein windschiefes Hüttendach gegen zwei runenverzierte Säulen. In den überdachten Boden ist eine Steinplatte eingelassen, auf der Du die verwitterten Überreste eines verschlungenen Musters erkennen kannst. Möchtest Du Dich hier weiter umsehen (<u>38</u>)? Oder ist Dir dieser Ort nicht geheuer (<u>2</u>)?

122

Unterm Laubdach der Bäume ist es friedlich. Ein leises Säuseln geht durch die Blätter. Der Boden ist weich, und Deine Füße finden nur über den Wurzeln Halt. Im Norden zieht sich ein breiter Streifen schwarzen Wassers um das Wäldchen. Dahinter liegt eine Hügelkette aus Felsen, die wie eine Burgmauer gegen den Himmel aufragt. Zwischen Moor und Erhebung erstreckt sich ein Streifen Gras wie eine grün-wogende Sichel. Vor dem Plateau wacht im Nordosten eine alte Kopfweide.

Du trittst näher an die umgefallenen Stämme im Osten und betrachtest sie genauer. Das Holz ist feucht und morsch, aber mit ein wenig Glück und Geschick hält es Dich vielleicht. Willst Du den Balanceakt wagen und das Moor verlassen (<u>74</u>)? Oder hast Du hier noch etwas zu tun (<u>133</u>)?

123

Wie ein mächtiger, alter Baum steht der Pilz da. Unter den weichen Rillen seines Schirmes schwirren Glühwürmchen. Du trittst näher und berührst den Strunk. Er gibt fast unmerklich unter Deinen Händen nach und fühlt sich etwas sandig an. Der Kräuterduft ist hier so intensiv, dass Dir das Wasser im Munde zusammenläuft. Dich überkommt das dringende Verlangen, ein Stück von dem Pilz abzureißen und herunterzuschlingen.

Willst Du dem Drang nachgeben (128)? Oder schaust Du Dich hier lieber weiter um (93)?

124

Nach ein paar Schritten stehst Du vor einem kleinen Wäldchen hochgewachsener Erlen, das mitten im Moor Wurzeln geschlagen hat. Ihr Laub raschelt leise im Wind. Ein Teil der langen, dünnen Stämme ragt aus Erde, andere stehen mitten im Schlamm. Ein Baum scheint vor langer Zeit einem Unwetter zum Opfer geworden zu sein und liegt gefällt und moosbewachsen auf dem Boden. Das Wollgras wächst hier in großen, dichten Büscheln. Ein kleiner Trampelpfad führt unter das Blätterdach der Erlen.

Möchtest Du Dich dort näher umsehen (122)? Oder möchtest Du weiter westwärts zu der seltsamen Felsformation gehen (26)? Du kannst auch zurück zur blauen Wegmarke im Osten gehen (55).

125

Du folgst dem Pfad südostwärts, bis der Weg abrupt vor einer Wand aus hohem Schilf endet. Willst Du schauen, ob Du einen Weg hindurch findest (61)? Oder kehrst Du lieber um (22)?

126

Hast Du Dich hier am Ufer des Tümpels schon einmal umgesehen (47)? Oder bist Du zum ersten Mal hier (21)?

127

Bist Du von Osten (toter Baum) gekommen (<u>99</u>)? Falls Du von Westen (Pilz) gekommen bist, geht es weiter bei <u>84</u>.

128

Auch wenn Du eigentlich etwas ganz anderes vorgehabt hast, überkommt Dich der Hunger wie ein reißender Frühlingsstrom aus den Bergen. Etwas spült Dich näher an den Riesenpilz heran, und bevor Dir bewusst wird, was Du eigentlich tust, hast Du schon ein Stück herausgerissen und es Dir in den Mund gestopft. Der Geschmack ist überwältigend! Aromen von knuspriger Ente, Kräutern und gerösteten Nüssen explodieren auf Deiner Zunge.

Begeistert greifst Du nach einem weiteren Stück, genehmigst Dir noch eine Portion und stutzt. War da schon vorher eine Tür? Du blinzelst. Mitten im Strunk zeichnen sich die Umrisse eines Durchgangs ab. Die Tür hat dieselbe blassbraune Farbe wie der Pilz, doch aus den Ritzen zwischen Holz und Rahmen dringt hin und wieder ein Leuchten wie von einem flackernden Feuer. An der Seite gibt es einen angelaufenen Messingknauf. Willst Du die Tür öffnen und hindurchtreten (<u>15</u>)? Oder nicht (<u>41</u>)?

129

Du hältst einen Augenblick inne und siehst Dich um. Im letzten Licht der Dämmerung leuchtet jeder Tümpel und jede

Pfütze wie ein roter Spiegel aus der Erde. Vom Waldrand im Westen steigt Nebel auf und tastet sich durch das Schilf. Der Geruch von Wasser, Torf und fauligem Gras liegt in der Luft. Aus allen Richtungen quaken Frösche. In der Ferne singen Grillen ihr Lied. Ansonsten ist es still. Wieder ist Dir, als hättest Du einen hellen Fleck aus den Augenwinkeln gesehen. Doch als Du Dich danach umsiehst, kannst Du nichts entdecken.

Willst Du zurück zur Wegmarke mit dem grauen Fähnchen gehen, von der Du gekommen bist (36)? Oder willst Du doch noch versuchen, den abgeknickten Stock in der Ferne zu erreichen (86)?

130

Entschlossen stapfst Du weiter ostwärts, bis Du die Wegmarke erreichst. Das gute Stück sieht arg verwittert aus, und jemand hat ein paar Findlinge zu einem Hügel um den Stab getürmt, damit er nicht umfällt. Zwischen den Steinen klemmt ein verwitterter blauer Stofffetzen. Gleich hinter der Marke erstreckt sich ein großer Tümpel, aus dem hier und da etwas Schilf aufragt. Westlich von hier kannst Du in weiter Ferne eine weitere Wegmarke erkennen. Ein schmaler Pfad führt direkt dorthin. Willst Du Dich dahin aufmachen (45)? Oder siehst Du Dich hier noch etwas um (132)?

131

Du befindest Dich auf einer kleinen Lichtung, umgeben von Buchen und Eichen. Hinter Dir liegt eine bewaldete Hügelkuppe, offenbar die andere Seite der Felswand. Das Loch, aus dem Du gekommen bist, liegt hinter hohem Farn und ist von hier aus kaum zu entdecken.

Auf der freien Fläche vor Dir steht ein reetgedecktes, windschiefes Haus, dessen Wände von Kletterrosen überwachsen sind. Durch die kleinen, runden Fenster dringt dumpfes Licht, und aus dem Schornstein steigt ein feiner Rauchfaden in den Nachthimmel. Die Tür an der Frontseite steht einen Spalt offen. Die Luft ist erfüllt vom köstlich buttrigen Pilzduft und lässt Dir das Wasser im Munde zusammenlaufen. Er scheint aus dem Inneren des Hauses zu kommen.

Du schluckst und wischst Dir fahrig über das Gesicht. Ist dies der Ort, von dem die Alte gesprochen hat? Du stehst ein wenig unschlüssig da. Willst Du Dich dem Haus nähern (105)? Oder bleibst Du lieber, wo Du bist (153)?

132

Die Findlinge, die die Marke an Ort und Stelle halten, sind groß wie Ziegenköpfe und mit Moos bewachsen. Aus den Lücken wächst Vergissmeinnicht und gibt dem kleinen Hügel ein fast idyllisches Aussehen. Zwischen zwei dicken Steinen klemmt der traurige Rest eines blauen Stofffetzens. Vermutlich ist es das Fähnchen der Wegmarke. Hinter dem dicken Stab sind vor dem Tümpel ein paar Fußspuren zu erkennen. Sagt Dir das Wort KRALLE etwas (64)? Oder nicht (104)?

133

Willst Du ostwärts in Richtung der blauen Wegmarke am Tümpelufer gehen (70)? Oder gehst Du westwärts zu den seltsamen Steinformationen (26)?

134

Du wirst ein wenig schläfrig. Doch die Wärme des Feuers trocknet die Reste von Schlamm auf Deinem Gesicht und Deinen Handrücken zu einer zwiebelnden Kruste. In Deiner Maskerade musst Du wie ein Sumpfmonster oder ein marodierender Ork aussehen. Du schmunzelst in Dich hinein. Es wird ein heißes Bad brauchen, um Dich wieder sauber zu bekommen.

Du bleibst noch ein wenig sitzen und beobachtest den Tanz des Feuers bis es heruntergebrannt ist und nur noch die Glut in den Kohlestücken atmet. Schließlich gibst Du Dir einen Ruck, raffst Dich auf und verlässt das Lager in Richtung Osten (117).

135

Die Alte mustert Dich nachdenklich, spießt dann das letzte Stück Pilz von ihrem Teller und lässt es in ihrem Mund verschwinden.

„Kommen wir zum Geschäftlichen", sagt sie und schaut Dir direkt in die Augen. „Ich möchte, dass Du mir da bei einer Sache zur Hand gehst. Es ist allerdings gefährlich."

Du kannst Dir nicht helfen, Dir kommen bei ihren Worten ein paar komische Gedanken. War Deine Wanderung durch das nächtliche Moor nicht gefährlich genug?

„Keine Sorge", sagt sie. „Ich kenne Deine Fähigkeiten und Deinen Willen, eine Sache zu Ende zu bringen. Ich habe schon eine Weile ein Auge auf Dich geworfen. Du wirst Dich nicht daran erinnern. Doch ich habe Dich heute nicht zum ersten Mal auf die Probe gestellt."

Jetzt, wo sie es erwähnt, beginnen einige Erinnerungsfetzen durch Deinen Kopf zu geistern. Sie haben etwas mit einem Brunnen und einem Schiffswrack zu tun. Doch es ist wie verhext. Wie sehr Du Dich auch konzentrierst, die Bilder bleiben traumhaft und vage. Du schiebst den leeren Teller von Dir fort, verlagerst Dein rechtes Bein so, dass Du jederzeit nach Deinem Messer greifen kannst und schaust die Alte grimmig an. Du willst endlich wissen, was hier gespielt wird! Doch Deine Gastgeberin bringt das nicht aus der Ruhe.

„Du bist begierig darauf, loszuschlagen? Gut!", sagt sie. „Ich bin da nämlich einer Sache auf der Spur, und könnte Deine Hilfe gebrauchen."

Und dann fängt sie an, zu erzählen (157).

136

Du schneidest Dir ein Stück ab und schiebst es in den Mund. Es schmeckt nach frisch gebackenem Brot, Käse und Erdbeeren. Eine seltsame Kombination, aber Du kannst Dich durchaus mit ihr anfreunden. Während Du noch kaust, beginnt der Pilz zu Deinen Füßen zu wachsen. Zuerst bis auf Kniehöhe, dann bis zum Nabel, bis zum Kinn, schließlich schießt er lautlos über Dich hinaus und überragt Dich um sechs Köpfe wie eine junge Silberpappel. Dir wird ein wenig schwindelig. Auch die anderen Pilze kommen Dir plötzlich viel größer vor.

Ein Falter taumelt vorbei. Er hat die Größe eines Bickenbuller Wolfshetzers. Dir kommt ein unangenehmer Gedanke. Bist Du etwa geschrumpft? Dein Herzschlag beschleunigt sich. Verwirrt siehst Du Dich um. Hinter Dir liegt das Moor noch genauso da, wie zuvor. Das Wollgras reicht Dir bis zur Hüfte, und auch der Trampelpfad zur purpurnen Wegmarke im Nordosten kommt Dir nicht anders vor als vor einen paar Augenblicken.

Du wendest Dich wieder dem Pilz zu. Er ist noch immer riesig. Du kratzt Dich verlegen am Kopf und beschließt ihn in Zukunft einfach zu ignorieren (<u>41</u>).

137

Schweigend siehst Du der Alten beim Kochen zu. Mittlerweile bist Du so hungrig, dass Du auch Teller und Besteck mitessen würdest. Als hätte sie Deine Gedanken gelesen, schnappt die Alte sich einen Lappen, packt damit den heißen Griff und hievt die Pfanne vom Herd. Dann streckt sie eine Hand nach Dir aus. Du erstarrst und weichst zurück, als sie die langen Finger hin und herbewegt. Fast erwartest Du, dass ein Gegenstand durch den Raum in ihre Hand fliegt, doch als die Alte ein weiteres Mal mit den Fingern wackelt, sagt sie nur: „Teller."

Nichts rührt sich. Dann endlich begreifst Du, dass *Du* gemeint bist. Hastig springst Du von Deinem Platz auf, schnappst die Teller vom Tisch und reichst sie der Köchin. Sie kratzt in der Pfanne herum und lädt einen Berg Pilze auf Deinen Teller. Sie selbst nimmt sich nur einen Löffel voll. Sie weist Dir Deinen angestammten Platz zu und setzt sich selbst auf den Hocker an der kurzen Seite des Tischchens.

Ein wenig misstrauisch schaust Du auf Deine großzügige Portion und schluckst. Sie riechen köstlich, aber…

„Was ist?", fragt sie. „Magst Du keine Pilze?"

Sagt Dir REISE etwas (54)? Oder nicht (82)?

138

Augen zu und durch! Du fackelst nicht lange und springst mit langen Schritten von Stein zu Stein wie eine Bergziege. Unter Dir gibt der Boden nach, doch bevor Du einsinken oder das Gleichgewicht verlieren kannst, bist Du schon beim übernächsten. Mit Geschwindigkeit und Schwung erreichst Du wieder festen Boden (8).

139

Du klaubst ein paar der Scheite zusammen und findest dabei sogar noch einen Rest Anzündholz und Birkenrinde. Wer auch immer den Vorrat angelegt hat, wollte sich bei seiner Rückkehr nicht lange mit dem Spalten von Ästen beschäftigen, und Dir ist das nur Recht. Sorgfältig schichtest Du die Hölzer am Lager zu einem kleinen Kegel auf, kramst Deinen Feuerstahl hervor und lässt die Funken auf die Birkenrinde fliegen.

Nach ein paar Schlägen hast Du Erfolg. Du steckst den brennenden Streifen zwischen die Hölzchen und wartest geduldig, bis sie Feuer fangen. Dann lehnst Du darüber zwei Scheite zu einem Dach gegeneinander und siehst den Flämmchen beim Wachsen zu. Nach kurzer Zeit ist das Lager erfüllt vom warmen Schein des Feuers. Zufrieden ziehst Du einen Streifen Trockenfleisch aus der Tasche und beißt davon ab.

Das Knacken und Säuseln des Feuers macht Dich schläfrig. Sagt Dir FROSCHTANZ etwas (<u>134</u>)? Oder nicht (<u>25</u>)?

140

In knappen Worten schilderst Du Deine unheimliche Begegnung mit dem totenbleichen Ungeheuer am Lager im Südteil des Moores. Deine Gastgeberin hört Dir aufmerksam zu, während sie etwas aus ihrem Mörser zu den brutzelnden Pilzen gibt. Doch als Du mit Deinem Bericht endest, dreht sie sich nicht einmal um.

„Ich verstehe", sagt sie nur. „Es scheint, es dauert nicht mehr lang."

Du wartest auf eine Erklärung ihrer Worte, doch es kommt keine. Vielleicht hat sie auch das Essen gemeint? Mittlerweile bist Du so hungrig, dass Du auch Teller und Besteck mitessen würdest. Als hätte sie Deine Gedanken gelesen, schnappt die Alte sich einen Lappen, packt damit den heißen Griff und hievt die Pfanne vom Herd. Dann streckt sie eine Hand nach Dir aus. Du erstarrst und weichst etwas zurück, als sie die langen Finger hin und herbewegt. Fast erwartest Du, dass ein Gegenstand durch den Raum in ihre Hand fliegt, doch als die Alte ein weiteres Mal mit den Fingern wackelt, sagt sie nur: „Teller."

Nichts rührt sich. Dann endlich begreifst Du, dass Du gemeint bist. Hastig springst Du von Deinem Platz auf, schnappst die Teller vom Tisch und reichst sie der Köchin. Sie kratzt in der Pfanne herum und lädt Dir einen Berg Pilze auf. Sie selbst nimmt sich nur einen Löffel voll. Ein wenig misstrauisch schaust Du auf Deine großzügige Portion und schluckst. Sie riechen köstlich, aber…

„Was ist?", fragt sie. „Magst Du keine Pilze?"

Sagt Dir REISE etwas (54)? Oder nicht (82)?

141

Du hältst den Atem an und stehst ganz still. Nicht das leiseste Lüftchen geht durch das Schilf. Vom Waldrand im Süden wandert Nebel heran. Du lässt den Blick über die Ebene streifen und stutzt. Da ist es wieder! Ein dumpfes Licht leuchtet auf und erlischt sofort wieder. Dein Herz schlägt schneller und ein Kribbeln läuft Dir über den Rücken. Das war sicher 300 Schritte von dem Punkt entfernt, an dem Du es beim ersten Mal gesehen hast. Wer oder was es auch ist: es bewegt sich verdammt schnell! Du bleibst noch eine Weile stehen und beobachtest das Moor. Doch das Licht taucht nicht wieder auf. Mit einem mulmigen Gefühl konzentrierst Du Dich wieder auf den Weg, der vor Dir liegt (72).

142

Du berichtest ihr von dem verwunschenen Monument mit den purpurnen Blüten und den geisterhaften Faltern, das Du auf der Insel im Schilf entdeckt hast. Sie lächelt und schweigt. Doch Du hast den Eindruck, dass ihr Blick noch etwas wohlwollender geworden ist. Vielleicht bildest Du Dir das aber auch nur ein. Sagt Dir SCHLANGE etwas (150)? Oder nicht (135)?

143

Mit ein paar Sprüngen bist Du zurück am Ufer. Willst Du zur nächsten Wegmarke westwärts gehen (45)? Du kannst auch den Weg nach Nordwest zum toten Baum nehmen (20). Oder schaust Du Dir den Steinhügel mit der Wegmarke an (18)? Natürlich kannst Du auch noch einmal zum Stein im Schilf springen (90).

144

Du biegst das Schilf beiseite und kannst endlich erkennen, was dort eineinhalb Schritt vor Dir aus dem Wasser ragt: es ist das Heck eines kleinen Bootes, das an dieser Stelle mit der Bugspitze voran im Morast versunken und in der Tiefe irgendwo stecken geblieben sein muss. Wie ein schiefes Dach steht der Rumpf aus dem Wasser und spannt sich über das Brett der hintersten Sitzbank, die als einzige nicht im Moor versunken ist. Einen Namen hatte die Nussschale nicht. Zumindest kannst Du keinen entdecken.

Eine dicke Schicht Moos bedeckt das Holz, und aus seinen Ritzen wachsen Schwammpilze, von denen ein eigenartiges Leuchten ausgeht. Du suchst Deine Umgebung gründlich nach weiteren Steinen ab, doch Dein Weg scheint hier zu enden. Du seufzt leise und willst Dich schon abwenden, da fällt Dir etwas auf, das Dir zuvor entgangen ist: auf der umgekippten Sitzbank des morschen Kahns liegt etwas. Du gehst in die Hocke und starrst angestrengt ins Dunkel. Da liegt ein verschnürter Beutel!

Du beugst Dich vor und streckst den Arm aus, doch Du kannst ihn nicht erreichen. Du versuchst es aus verschiedenen Winkeln, doch Du kommst nicht nahe genug heran.

Irgendwann gibst Du es auf und machst Dich auf den Weg zurück zum Ufer des Tümpels (143).

145

„Ich allerdings habe Dich in Deinem Waldschrat-Kostüm nicht auf den ersten Blick erkannt", sagt sie und betrachtet die dicke Schlammkruste, die Dich von Kopf bis Fuß bedeckt. „Kleines Moorbad genommen?"

Sie lacht. Und jetzt, da sie es erwähnt, fühlst Du Dich in der Küche ein wenig unangemessen gekleidet. Doch sie deutet nur auf einen der freien Hocker am Tisch und sagt: „Setz Dich und erzähl mir, wie es Dir im Moor ergangen ist."

Dann dreht sie sich um, tritt an das Herdfeuer und rührt mit einem Holzlöffel in der Eisenpfanne herum. Unschlüssig klopfst Du Dir ein wenig Dreck von der Hose. Die Alte ist Dir nicht geheuer. Das mulmige Gefühl in Deinen Eingeweiden sagt Dir, dass Du auf der Hut sein musst. Andererseits stehst Du hier mitten in ihrer Küche, ohne dass etwas Ungewöhnliches geschehen wäre. Du bist nicht zu Stein erstarrt, zu Staub zerfallen, durch die Luft geschleudert oder in eine Maus verwandelt worden. Es läuft also eigentlich ganz gut für Dich.

Und wie es aussieht, wirst Du gerade zu einem kleinen Nachtmahl eingeladen. Sicher ist es nicht ratsam, Deine Gastgeberin zu erzürnen. Und die Pilze in der Pfanne riechen wirklich köstlich. Als Du schließlich Platz nimmst und dabei wachsam Deinen Blick durch den Raum schweifen lässt, fragt die Alte: „Ist Dir auf Deinem Weg hierher jemand begegnet?"

Sagt Dir das Wort Spuk etwas (140)? Oder nicht (37)?

146

Vorsichtig steigst Du die Treppe herunter und stehst kurz
darauf vor einer kleinen Tür, die halb offen steht. Ein seltsamer
Geruch liegt in der Luft. Als Du hindurchtrittst, stehst Du in
einem kleinen, fensterlosen Raum mit niedriger Decke. An der
unverputzten Wand flackert die Flamme einer Fackel. In einer
Ecke steht eine Reihe mit Eimern. Als Du in einen hinein-
schaust, rümpfst Du die Nase. Wie es aussieht, bist Du in einem
Abort gelandet. Neben den Eimern gibt es noch eine zweite
Tür. Willst Du nachsehen, wohin sie führt (118)? Oder hast Du
hier genug gesehen (41)?

147

Du öffnest die Tür, trittst in die Dunkelheit und stehst auch
schon wieder am Fuße des großen Pilzes. Dir ist ein wenig
schwindelig und Du bist außer Atem, als wärest Du den Weg
nach Gardburg und zurück gerannt. Die Sache ist ein wenig
seltsam, aber manchmal passieren die Dinge einfach wie sie
wollen, nicht wahr? Du schluckst und schaust mit einem Grin-
sen auf den offenen Durchgang. Das Flackern aus der Tiefe
zieht Dich in seinen Bann. Es kommt Dir vor, als wollte Dir jemand ein Zeichen geben. Willst Du der Sache nachgehen (146)?
Oder lieber nicht (41)?

148

Eins ist klar: das unheimliche Wesen, das den Lagerplatz
bei den Erlen angelegt hat, scheint im ganzen Moor sein Unwe-
sen zu treiben. Misstrauisch schaust Du Dich um. Außer Dir
scheint niemand hier zu sein. Trotzdem hast Du das Gefühl,

dass Dich jemand beobachtet. Du fröstelst. Dann wendest Du Dich wieder den Spuren zu (31).

149

Du schneidest Dir ein Stück ab, schiebst es in den Mund und hustest. Das verdammte Ding ist scharf wie ein Kräuterschnaps! Du klopfst Dir auf die Brust und stöhnst. Das Zeug brennt sich seinen Weg durch Deine Kehle bis in den Magen. Von dort breitet sich ein watteweiches Gefühl aus. Dein Körper kommt Dir mit einem Mal ganz leicht vor.

Du fühlst Dich etwas beschwipst und Dir fällt auf, dass sich zu Deinen Füßen etwas bewegt. Als Du Dich herabbeugst, tanzen vor Deinen Stiefelspitzen kleine Männchen mit roten Mützen zu einer Trommel. Sie johlen und jauchzen und jonglieren mit fingerhutgroßen Bierfässchen. Kurz überlegst Du, ob die Kerle schon vorher dort gewesen sind und ob Du vielleicht einen von ihnen gegessen hast. Aber Du kannst Dich nicht richtig erinnern.

Dann hopst Du zum Rhythmus der Trommel auf der Stelle und klatschst in die Hände. Doch schon nach ein paar Sprüngen bist Du völlig außer Atem. Du wischst Dir den Schweiß von der Stirn und den Schaum vom Mund und siehst noch ein wenig dem lustigen Treiben zu (41).

150

Du fährst mit Deinem Bericht fort und erzählst ihr von der geisterhaften Schlange, die Du vom Dach des Monumentes beobachtet hast, und die im Moor zu leben scheint. Die Augen der Alten weiten sich.

„Sogar bis zu ihr bist Du vorgedrungen", sagt sie und klopft Dir auf die Schulter. „Du kannst Dich glücklich schätzen. Nur wenige Sterbliche haben sie je zu Gesicht bekommen." (<u>135</u>)

151

Du trittst näher an den alten Baum heran und entdeckst knapp über den Wurzeln einen Spalt im Stamm. Das Loch ist fast eineinhalb Schritte hoch und gerade so breit, dass Du Dich hindurchzwängen könntest. Du schaust hinein. Wie es aussieht, ist der mächtige Baum innen hohl. Ein seltsamer Geruch strömt aus der Öffnung. Du schnupperst. Es riecht nach in Butter gebratenen Steinpilzen.

Du machst noch einen Schritt, um den Kopf in die Höhle zu stecken. Dabei bleibt Dein Fuß an einer Wurzel hängen, Du stolperst und verlierst das Gleichgewicht. Doch statt auf dem harten Boden aufzukommen, musst Du feststellen, dass da gar kein Boden ist. Im freien Fall stürzt Du kopfüber in ein tiefes Loch und bist fast erleichtert, als Du endlich auf hartem Grund aufkommst, Dich mehrfach überschlägst und durch einen dunklen Tunnel rollst wie ein sich verselbständigendes Käserad. Du findest es selbst ein wenig absurd, dass es Dir auffällt, doch der Duft nach gebratenen Pilzen wird immer intensiver. Schließlich, nach schier endlosem Hin- und Hergepolter, landest Du mit einem satten Plumps in einem Bett aus Moos und Anemonen.

Stöhnend befühlst Du Rippen, Arme und Beine und stellst erleichtert fest, dass noch alles an seinem Platz ist. Du bleibst einen Augenblick liegen und wartest, bis der Schwindel nachlässt und die Welt sich wieder zu einem festen Ort zusammenfügt. Dann siehst Du Dich um (131).

152

Du beugst Dich hinab und betrachtest die quadratische Steinplatte im Boden. Ihre Kanten sind ungefähr einen Schritt lang. Sie besteht aus einem helleren, glatteren Material als die Säulen und ist an den Rändern ebenfalls mit Runen bedeckt. Die Zeit hat den Großteil bis zur Unkenntlichkeit heruntergeschliffen, doch an einigen Stellen sind sie noch gut zu sehen. Du kannst sie nicht lesen und fragst Dich, was sie wohl bedeuten mögen.

In der Mitte der Platte sind die Überreste eines prächtigen Reliefs aus verschlungenen Ornamenten zu erkennen. Genau in ihrem Zentrum ist der Stein zerbrochen und in mehrere Teile zersplittert, als wäre ein mächtiger Hammer auf ihn herabgefahren. Durch die Ritzen wächst kein Moos aus der Erde. Die übrige überdachte Zuflucht ist von einem wildwuchernden Strauch mit langen, herzförmigen Blättern ausgefüllt, dessen dunkle Blüten purpurn im Mondlicht schimmern. Ein süßer Duft geht von ihnen aus.

Du wirfst noch einen Blick auf die Unterseite des Felsdaches. Hunderte weißer Falter haben dort ein Zuhause gefunden. Hin und wieder taumelt einer von der Decke hinab und tanzt von Blüte zu Blüte. Jedes Mal, wenn er eine Blume berührt, geht ein Leuchten durch den Falter, als öffne sich kurz die Blende einer Laterne. Dann verlischt es wieder. Der Falter wandert ein wenig umher, grüßt Blüte um Blüte wie ein Fürst seine Festgäste und kehrt dann schließlich an seinen Platz an der Decke zurück.

Merke Dir das Wort GEIST. Möchtest Du diesen Ort jetzt verlassen (127)? Oder willst Du Dir noch die Rückseite des geheimnisvollen Monumentes ansehen (59)?

153

Du bleibst genau da, wo Du bist, stellst Dich tot und beobachtest verstohlen das Haus. Sonderlich bedrohlich sieht es nicht aus, doch falls es noch bewohnt ist, willst auf keinen Fall von einem irren Hexenmeister auf dem falschen Fuß erwischt werden. Du kratzt Dich am Kopf. Alles scheint friedlich. Der Duft von gebratenen Pilzen weht Dir weiter unter die Nase und entlockt Deinem Magen ein herzzerreißendes Knurren. Nachdem Du eine Weile so auf der Erde gelegen und nichts Beunruhigendes an diesem Ort gefunden hast, rappelst Du Dich schließlich auf und näherst Dich leise der Haustür (105).

154

Du erzählst der Alten von den seltsamen Fußspuren, die Du im Moor gefunden hast. Deine Gastgeberin hört Dir aufmerksam zu, während sie etwas Salz zu den brutzelnden Pilzen gibt. Doch als Du mit Deinem Bericht endest, dreht sie sich nicht einmal um.

„Ich verstehe", sagt sie nur. „Ich habe mir schon so etwas gedacht."

Du wartest auf eine Erklärung ihrer Worte, doch es kommt keine. Vielleicht hat sie auch das Essen gemeint? Mittlerweile bist Du so hungrig, dass Du auch Teller und Besteck mitessen würdest. Als hätte sie Deine Gedanken gelesen, schnappt die

Alte sich einen Lappen, packt damit den heißen Griff und hievt die Pfanne vom Herd. Dann streckt sie eine Hand nach Dir aus. Du erstarrst und weichst etwas zurück, als sie die langen Finger hin und herbewegt. Fast erwartest Du, dass ein Gegenstand durch den Raum in ihre Hand fliegt, doch als die Alte ein weiteres Mal mit den Fingern wackelt, sagt sie nur: „Teller."

Nichts rührt sich. Dann endlich begreifst Du, dass *Du* gemeint bist. Hastig springst Du von Deinem Platz auf, schnappst die Teller vom Tisch und reichst sie der Köchin. Sie kratzt in der Pfanne herum und lädt Dir einen Berg Pilze auf. Sie selbst nimmt sich nur einen Löffel voll. Sie weist Dir Deinen angestammten Platz zu und setzt sich selbst auf den Hocker an der kurzen Seite des Tischchens.

Ein wenig misstrauisch schaust Du auf Deine großzügige Portion und schluckst. Sie riechen köstlich, aber…

„Was ist?", fragt sie. „Magst Du keine Pilze?"

Sagt Dir REISE etwas (<u>54</u>)? Oder nicht (<u>82</u>)?

155

Ob nun dieser oder jener Pilz – das ist Dir reichlich egal. Mit einem beherzten Schnitt hast Du Dir ein weiteres Stück gesichert und schiebst es Dir in den Mund. Diesmal schmeckt es mehr nach Kaninchen in Buttermilch mit Backpflaumen. Auch das ist Dir recht, vor allem weil Du gerade an Deinen letzten Besuch im Gasthaus Zum Lusteigen Schuster gedacht hast. Du kratzt Dich mit dem Griff Deines Messers am Kopf. Ob die Pilze nach allem schmecken können, was man sich vorstellt?

Du wirfst einen Blick auf das Exemplar vor Dir und bist nicht verwundert, dass von der Lücke, die Du in die Kappe geschnitten hast, nichts mehr zu sehen ist. Stattdessen hat der Pilz weiter hinten nun zwei Blessuren und steht an einer völlig anderen Stelle als noch vor einem Moment. Du zuckst mit den Schultern und beugst Dich hinab, um Dir ein drittes Stück vom Glück zu genehmigen, da überkommt Dich mit einem Mal eine bleierne Müdigkeit (41).

156

Du bahnst Dir einen Weg zurück durch das Schilf und trittst kurz darauf wieder auf die kleine Lichtung vor dem Monument aus Stein. Eine massive, unförmige Felsplatte lehnt wie ein windschiefes Hüttendach gegen zwei runenverzierte Säulen. In den überdachten Boden ist eine Steinplatte eingelassen, auf der Du die verwitterten Überreste eines verschlungenen Musters erkennen kannst. Möchtest Du Dich hier weiter umsehen (38)? Oder ist Dir dieser Ort nicht geheuer (2)?

157

Als die Alte ihre Geschichte beendet, raucht Dir der Kopf. Eine Verschwörung der Kaufleute? In Gardburg? Gegen die Kaiserin? Das klingt ungeheuerlich. Und unwahrscheinlich.

„Du musst mir nicht glauben", sagt die Alte, als sie Deinen ungläubigen Gesichtsausdruck sieht und lächelt wie ein Fuchs mit einer besonders fetten Henne im Maul. „Du musst mir nur helfen…"

ENDE

Dieses Abenteuer wird fortgesetzt

in

Im Schutz der Nacht –

Die Verschwörung von Gardburg Teil 1

Schon vorbei?

Wie hat dir dieses Abenteuer gefallen? Was wünschst Du Dir für das nächste? Hinterlasse gerne einen Kommentar beim Buchanbieter Deiner Wahl, schreibe (miau@katvancasteren.de) oder besuche Kat auf www.katvancasteren.de!

Kat liest alles und feiert jede Rezension ab wie den Hauptgewinn beim Bickenburger Mäuserennen!

Weitere Bücher von Kat van Casteren

Das Schiff – Fantasy-Spielbuch

Der Brunnen – Fantasy-Spielbuch

**Im Schutz der Nacht –
Die Verschwörung von Gardburg 1**
Fantasy-Spielbuch
erscheint voraussichtlich
am 01.06.2025

Über Kat

Kat van Casteren segelte schon auf einem Gaffelschoner durch einen Orkan, schoss Pfeile von einem rennenden Pferd, zechte mit Trollen in einem Drachenhort und wird häufig mit dem gestiefelten Kater verwechselt, trägt aber gar keine Stiefel.

Kat ist mal hier und mal dort und streift am Liebsten durch die Feenwälder im Land der Tausend Seen, stets auf der Jagd nach einem dicken Fisch oder einer verlorenen Geschichte.

www.katvancasteren.de